U0331146

当代著名作家及学者
年谱系列

林建法　主编

韩少功文学年谱

廖述务◎著

华东师范大学出版社

韩少功

1988 年　初到海南

2004年　在湖南乡下参加村路通车庆典

2011 年　在韩国接受采访

2012 年　在上海演讲

因为种种原因，严肃的写作在当前差不多确实已经成了一种夕阳产业，甚至是气喘吁吁的挣扎。我也完全知道。但这些丝毫也不妨碍一个人在遥远的海岛上继续思考，继续凭一支笔对自己的愚笨作战，对任何强大的潮流及时录下斥伪的证词。这是我在南方的自由。

（韩少功：《南方的自由》，见《完美的假定》，作家出版社 1996 年版，第 41 页）

序言

[signature]

　　记得三十年以前，我刚入复旦大学中文系读书的时候，章培恒先生出版了他的第一部著作《洪昇年谱》，受到学界高度好评。直至今天，我在百度上搜索书名，还会跳出这样的评价："该书不仅首次全面细致地胪列了谱主的家世背景、个人遭际、思想著述、亲友关系等，还就洪氏'家难'、洪昇对清廷的态度以及演《长生殿》之祸等诸多有争议的问题提出了一系列独到见解，将洪昇生平及其剧作研究推进了一大步。"依我看，编制年谱，功在三个方面：一是详细考订谱主家世背景、个人遭际、思想著述、亲友关系等史料；二是对于谱主经历的历史事件的深入探究；三是对其人其书的整体研究的推进。那时我在学校里接受的教育是，年谱编撰是最花时间最吃功夫，同时也是最具有学术价值的一种治学方法。研究者在学术上的真知灼见被不动声色地编织在资料选择和铺陈中，而不像有些学术明星，凭着胆子大就可以胡说八道。后来章先生指导研究生研究古代文学，也是先从研究作家着手，而研究作家先要从编撰年谱着手，于是就有了一套题为《新编明人年谱丛刊》的年谱系列，这套书至今仍是我最珍爱的藏书之一。

章培恒先生的导师蒋天枢先生，曾在清华研究院国学门受过陈寅恪、梁启超等名师指点，蒋先生晚年，受陈寅恪先生的嘱托，放下自己的许多著述不做，集中精力整理恩师的遗著。一套书干干净净地出版了，最后一本是蒋先生编订的《陈寅恪先生编年事辑》，用年谱形式，把陈先生一生的著述活动都保存下来，没有一句花里胡哨的空洞之言。后来缪托陈先生知己的学人名流有的是，却没有一个在陈先生受到困厄之苦时候"独来南海吊残秋"的。这些流传在复旦校园里的故事，既告诉我们如何做学问，也告诉我们如何做一个知识分子。

倒也不是说，做年谱就是有真学问，谈理论就不是真学问。章先生后来也是从史料考辨走出来,偏重学理史识,成为一位被人敬重的文史大家。但是我们从蒋先生到章先生再到章门弟子的传承中可以看到,编制编年事辑(年谱)成为他们学术训练的一个基本方法。古代文学研究如此,现代文学研究也是如此。我早年追随贾植芳先生研究中外文学关系,先生首先就指示我从搜集的大量资料中编撰一份"外来思潮、流派和理论在中国现代文学史上的影响"的大事年表,罗列西方诸思潮流派在中国传播影响的编年记录;这份年表有六万多字,把这一时期中外文学交流关系的来龙去脉基本上都弄清楚了。后来我写作《中国新文学整体观》里使用的材料观点,基本上得益于这份大事年表。所以我一直坚持这样的想法,培养研究生治学研究,从作家研究,或者具体问题研究起步,收集资料,编撰年谱或者编年事辑,是最好的训练方法。研究者的研究方法、学术观点,都由此而生;为后来者的研究,也提供了一份绕不过去的研究成果。

可惜这种扎实的学术风气,到了 20 世纪 90 年代以后,在高校的研究生培养中渐渐式微,一些似是而非、华而不实的流行理论、外来术语、教条形式都开始泛滥,搞乱了青年学子的求知心路，也破坏了良好求实的学风。现当代文学研究领域尤其严重。今林建法先生受聘于常熟理工学院，担纲校特聘教授与《东吴学术》执行主编。林先生从事文学编辑三十余年，对于学界时弊看得清清楚楚，他首倡编撰当代作家学者年谱，为当代文学研究提供一份作家学者的年谱资料，也为学科发展提供信史。我赞成他的提倡，这个建议不仅有利于当代文学学科基础的夯实，也为研究生的学术训练、学风培养开拓了一条有效的道路。

《东吴学术》年谱丛书（当代著名作家及学者年谱系列）由华东师范大学出版社出版，这是一个良好的开端，我希望这套丛书在林建法先生的主持下能够坚持若干年，不断开拓选题，为当代文学研究奠定坚实的基础。

2014 年 4 月 19 日写于鱼焦了斋

2017 年 4 月修订

目录

1953 年—1958 年　出生到五岁

1953 年 1 月 1 日,韩少功出生于湖南长沙一个教师家庭。也就在这一天,新生的共和国开始执行发展国民经济的第一个五年计划。在家中,韩少功排行老四,于是有了个昵称"四毛"。家里还住着一个姑姑,以及一个从乡下来求学的亲戚的孩子。这个成员众多的家庭在生活上完全依赖韩父与姑姑的工资,显然偏于拮据。

在他成长的岁月里,这个家庭并不平静。长辈的坎坷人生直接影响了他的精神气质与创作。

父亲韩克鲜出生于湖南澧县小渡口镇一地主家庭,其时已家道中落。少年时期外出求学。中学毕业后,曾当过教师,也当过地方报纸的记者。抗战爆发,国土沦陷,人心惶惶。他投笔从戎,考入中央军校第二分校(前身为黄埔军校武汉分校),结业后在第一兵团总司令汤恩伯身边任职,后转随汪浩(史上所谓中共旅苏"二十八个半布尔什维克"之一),先后任中校参谋、自卫独立大队长等,参加浙西、浙北的抗日游击战。抗战结束后,他回到家乡,身居长沙市政府财政科长之职,暗中却是共产党地下组织"进步军人民主促进社"的中坚,重点联系军、警、宪人士,参与过"反饥饿、反内战、反迫害"等进步运动,致力于湖南和平起义。一些地下印刷品在他家集散。他还曾利用自己的公职身份掩护过一些中共地下党员。一位陈姓党员遭当局通缉,就曾以韩母弟弟的身份在他家藏身数月。1949年,长沙解放。韩父又穿上戎装,参加西南地区的剿匪斗争。韩少功出生之时,他依旧在千里之外的广西参与艰苦卓绝的剿匪斗争。因战斗果敢勇猛①,成为解放军二十一兵团二一四师荣获一等功的战斗英模。1953年年底,全国新解放区的剿匪斗争基本结束,大陆范围内的匪患得以平息。1954年,他转业地方,先后在教育厅和省直机关干部文化教育委员会任职。在教育委

---

① 孔见《韩少功评传》(河南文艺出版社2008年版)一书以文学化的笔调描绘了韩父获一等功的战斗经历:"机会如期而至,一天,他单独执行任务,路过山冲里一个偏僻的村子时,发现了三个到老乡家里找食物的土匪,他操枪上前大吼一声,把三个穷途末路的家伙给镇住了,将他们连人带枪押回部队。后来发现,这三个家伙中有一个还是重要的匪首,他因此立下一等功。"见该书第2页。目前,尚未查找到相关党史资料佐证孔见这一描述。但可以肯定的是,在当时荣获一等功殊非易事。

员会,韩父先后执教有关《辩证唯物主义》、《毛泽东选集》、《联共(布)党史》等的课程。在教学上兢兢业业,其教学经验还被印成册子在各地推广。尽管韩父的人生履历中有"革命"的成分,但异质的东西依旧难以抹去。面临"横扫一切"的时代风潮,其处境可想而知。1966年9月底的一天,在"文革"铺天盖地的大字报中,他果决地以沉入湘江的方式撇清了与家人的关系。虽然韩少功说过:"父亲给我的印象不深,因为他死时,我才十三四岁。"①但因父亲复杂的社会身份及其在传统家庭结构中的特殊地位,他的离世给予韩少功的刺激依旧很大,有丧亲的悲苦、无所依恃的惶恐,更有阶级区隔下隐形"高墙"强加的时代精神创伤。小说《鞋癖》就包蕴着这种情绪体验:"我"断定父亲还活着,就在某个神秘的角落注视着自己的家人。

母亲张经星是位贤淑、寡言而又倔强的妇女。她出身于湖北公安县一个大户人家,在北京受过专科美术教育,一度担任绘画与书法教员。在那个时代,具有韩母这

---

① 按:出自笔者与韩少功的交谈。

样教育背景的女性并不多见，她有足够的条件成为美术领域的专业人士。但因接二连三的生育，加上繁重的家务劳动，她不得不放弃公职，成为传统家庭主妇。曾经的新女性，必须顽强面对的是丈夫的自舍与子女的嗷嗷待哺。这些苦难既练就她的倔强与刚毅，也重创、磨砺她的心灵。骆晓戈在回忆文章中说："他的母亲常常一整天不说话，只默默地走进走出，做家务也不带出一点声响。我们在扯谈，照例是海阔天空，他母亲静静地坐在暗处，我对这位作家的母亲油然而生敬意，后来一直十分敬重这位老人。"①

在韩少功的童年时期，家庭尚未遭受极左革命风潮的冲击。韩家位于长沙经武路，紧挨古旧的城墙，城墙外侧是成片的棚户区。韩少功儿时的玩伴大多来自这个区域，他们的父母或是踩三轮的或是工厂临时工。与玩伴相比，韩少功的家境确实优越得多，但这一点也不妨碍他们成为要好的朋友，成天疯玩在一起。他们曾一块割草养兔，捕虫养鸡——当时很多城市居民靠这种家庭养殖

① 骆晓戈：《韩少功印象》，《芙蓉》1986 年第 5 期。

度过经济困难时期。成年后的韩少功一直对底层的人们有着天然的亲近,对动物怀有某种敏感的柔情,似乎与他成长的经历有着某种联系。比之于玩伴的影响,父亲还是带给韩少功一些不同的家庭教育。父亲个头中等,性情温和。他教会了韩少功游泳、打乒乓球、理发、骑自行车。而且,他要求孩子们天天晨跑,假期参加乡下劳动。显然,近代以来的"文明其精神,野蛮其体魄"的新民理念影响了韩父,他希望子女也成为这样的有用之人。

1950 年代初,国家开始对私有房产进行社会主义改造。位于长沙古城墙边的韩家私宅有前庭后院,在当时算不错的住宅,自然也是改造的对象。韩家主动拿出一半房屋响应征收,获得一千元左右的补偿。1964 年,韩家又卖掉余下的一半,迁入新军路的湖南省直机关干部文化教育委员会宿舍。

1959 年—1965 年　六岁到十二岁

1959 年 9 月,韩少功入读长沙市乐道古巷小学。
1965 年 9 月,考入长沙市第七中学。

1958 年 5 月开始的"大跃进"运动将第一个五年计划积攒的家底挥霍殆尽,终于演化为一场全国范围的大饥荒。韩少功后来回忆,"很多人饿出水肿病,胖胖的肉没有色彩,父亲便是如此,他走起路来显得有些困难","得了水肿的父亲尽管气喘吁吁,经常头昏眼花,一坐下去就怎么也站不起来,还是把单位上照顾他的一点黄豆、白面,全都分给孩子们吃"。①

在那个时代,要在文化素养方面得到父母特别多的栽培,无疑有些奢侈。而在韩家,韩母依旧会趁劳动的间隙教幼子写写毛笔字。韩父则要求孩子们看《三国演义》、《水浒传》,而不希望他们看《红楼梦》,觉得后者带有太多脂粉气。另外,他还要求子女学好数理化,今后凭专业技术在社会上立足。

韩少功在学校的表现相当不错。小学时,家里的墙壁上就贴满了各种各样的奖状。他还是少先队的大队干部。

1962 年 9 月,中共八届十中全会召开。会议把社会

---

① 韩少功:《鞋癖》,《上海文学》1991 年 10 月号。

主义社会一定范围内存在的阶级斗争进一步扩大化和绝对化,强调阶级斗争必须年年讲、月月讲、天天讲。随后,开始在全国推行相应的路线。因韩父有国民党军中的任职经历,又有在台湾的亲戚关系,他要掩饰"历史污点"、规避政治冲击几乎是不可能的。运动一来,韩少功的少先队干部职务被免去,要取得进入重点中学的资格也变得不可能。据他后来给母校长沙市七中《百年校史》(未公开出版)写的序言称:这所学校"因地处偏僻城郊,学生大多是北郊厂区的工人子弟,周边乡村的农民子弟,以及附近营区的军人子弟,构成了底层庶民的朴质色调,毫无贵族名校的优越感"。他报考的第一志愿,那所党、政、军干部子弟聚集的重点学校,最终与他擦肩而过。

初一时,尽管忙于闹革命,韩少功还是表现出了在数理方面的学习天分,仅这一年就自学完了初三的课程,翻遍了好几本苏联版的《趣味数学》,参加各种数学竞赛总是不到一半时间就走出赛场,而且还能稳拿高分。他利用简单工具制作的晶体管收音机,已经有了一定的技术含量。

1966 年　十三岁

6月,与同学们一起奉令停课,开始参与"文化大革命"。

9月,父亲死于政治迫害。

11月,加入红卫兵造反派组织,参加步行串联和下厂劳动。

与嗅觉敏感的韩父不同,韩家子女一开始都是"文革"的狂热参与者。大女儿是当时湖南著名的"八一九"运动中的造反学生。韩父有一种预感,又一个"五七年"到来了,奉劝孩子们当心。大女儿听后拍案而起,吵得天翻地覆。当韩父阻挠韩少功上街看大字报时,小儿子也立马翻脸,坚定地站在大姐一边,怒斥他压制革命。

尽管韩父在革命斗争中的表现无可挑剔,但他在国民党军、政机构中的任职经历永远也无从抹去。因行事谨慎,他在"文革"前的多次运动中受到的冲击并不大,甚至多次受到表彰奖励。但到了1966年,机关里最终还是出现了有关他的大字报浪潮。他知道,这一次已经无法躲过了。9月27日,韩父说要去理发,出门后就再也没有回来。在办公室抽屉里留有他的一份遗书，说自己是反党反社会主义的罪人，希望家人与他决裂，永远忠于党和人民。尽管人已失踪，但单位和公安局的人怀疑他已通敌叛国，去了美国、日本或其他什么地方。于是，寻找尸体成为当务之急。母亲与姑姑历尽艰辛，终于在湘江下游找到一具早已面目全非的男尸。依据身上的穿着，韩母一眼就认定那是自己的丈夫。

韩父的选择是痛苦的，但在政治的高压下，这一决断又体现了他超出常人的勇气和智慧。他清醒地意识到一拨接一拨的大字报仅仅只是开始，随之将是无休止的相互揭发与批斗。他的纵身一跃，让自己和家人都远离了无穷尽的折磨与羞辱。

父亲离世后，一家人在经济上陷入困顿。哥哥入读刚成立不久的省共产主义劳动大学，两个姐姐一个在湖南大学读书，一个在农场劳动。这样，韩母身边只有年少的韩少功做伴。韩少功的书读不下去了，他必须找一份工作。因年少，找工作屡屡碰壁。于是，他们去投靠在农场的姐姐，但领导要求她与家人划清界限。后来，在《山南水北》中，韩少功详尽地回顾了父亲亡故后那一段艰辛、苦难的岁月："当时父亲死于迫害,全家一夜之间沦为政治贱民。母亲要我在初中办理退学,带上我去投奔乡下亲戚。一辆破破烂烂的长途汽车上,母亲病了,大呕大吐,面色苍白,还抽搐和昏迷。一个才十三岁的少年,面对这样的病人,完全手足无措。幸好有一位同车的军人从人群里挤过来,给母亲灌水和喂药,到了汽车站,还一肩挑起我们乱七八糟的行李,把我们送到小旅店。他请来医生给母亲打针,一直等到母亲清醒和病情缓解,一直等到我们与亲戚通上长途电话,才在深夜离去。我母亲后来经常念叨这位军人。我知道,母亲当时已落入绝望的旋涡几近灭顶,如果没有这一束微光的投照,她很难恢复希望。"①

接下来的事情是:"我们在乡下没有得到收留,走投无路之际还是只得返城,回到了高音喇叭喧嚣着恐怖和狂热的老地方。我们适应着父亲背影失去后的岁月,守着小屋里宁静、简朴、清洁的每一刻,母子俩相依为命。为了让母亲高兴一点,我每天黄昏拉着她出去散步,走到

---

① 韩少功:《秋夜梦醒》,见《山南水北》,北京:作家出版社 2006 年版,第 301 页。

很远的街道，很远的广场，很远的河岸和码头——我们真希望能在陌生人群里永远走下去，避开机关院子里那些敌视和轻蔑的目光。我就是在那时突然长大，成了一家之长，替父亲担起责任，替离家求学的哥哥姐姐担起责任，日夜守护着多病的母亲。在没有任何亲人知道的情况下，我试图去工厂打工。在没有任何亲人知道的情况下，我准备了铁锤和螺丝刀，在一家电影院门前偷偷踩点——事情只能这样，既然没有人接受我打工，我就必须做点别的什么，比方说撬一辆脚踏车再把它卖掉。"[1]

"陆，一位小学时代的女同学，与你并没有太多来往，同学一场也许只交换过十几句话，然后是分别进入各自的中学。仅仅是因为一次偶然的路上相遇，她得知了你家的故事。一个十四岁的小姑娘，竟只身来到机关院子里，提一桶糨糊夹一卷纸，贴了满满一墙的标语，向迫害者们发出抗议和恫吓。对方不明底细，慌了手脚，害怕社会群体的介入，对我家的气焰大为收敛。不仅逼我们搬

---

[1] 韩少功：《秋夜梦醒》，见《山南水北》，北京：作家出版社2006年版，第302—303页。

家的事不再提起,遗属津贴卡也很快办了下来。还有一位朱,隔壁大院里的高中生,那个时代多见的红卫兵理论家,谈起哲学总是口若悬河。大同学们不大崇拜他,小同学们便成为他重点培养的对象。他同情你的遭遇,总是一只手臂挽住你的肩膀,教你刻钢板,教你使用油印机,教你查阅《辞海》和《辞源》,叮嘱你一定要复学上课。他的热情说教使你获得了意外的尊重,鼓励,启发,还有兄长式的关切。你读他的诗集(手抄本),借阅他藏在床垫下的小册子(普希金和杰克·伦敦),在去北京的火车上听他像革命教父一样慷慨陈词(他对中央委员们的情况了如指掌)。老实说,他那些理论现在看来委实可笑,但那正是你启蒙的开始。阴暗的岁月也是灿烂的岁月。他们并没有做什么大事,但如果没有他们,包括那位不知名的军人,你就不可能走出昨天。你是他们密切合作的一个后果,是他们互相配合、依次接应、协同掩护之下的成功获救者,是一名越狱的逃犯,逃入自由和光明。"[1]

---

[1] 韩少功:《秋夜梦醒》,见《山南水北》,北京:作家出版社2006年版,第303—304页。

最终,韩少功与大姐鼓起勇气造访父亲生前所在单位的领导。领导对他们相当客气。后来,韩父的问题被正式定性为"人民内部矛盾",韩家可继续住在机关宿舍,还得到了一定数额的抚恤金。这大大缓解了一家人的生存危机,韩少功也得以继续学业。

韩少功回校后,发现学校里革命浪潮正日益高涨,老师大多已成为"牛鬼蛇神"。他属于红卫兵中的温和派,也是主流派。

1967 年　十四岁

年初,长沙红卫兵的派性斗争逐渐升级。在"一月夺权风暴"中,"高司"(全称为"长沙市高等院校红卫兵司令部",长沙最早的红卫兵组织)与之前的盟友,即大多数工人造反派组织,在权力分配问题上发生了矛盾。双方决裂,"高司"演变为新保守派。2月8日,在湖南省军区的支持下,"高司"等十二个组织发起成立了"湖南省红色造反者联合筹备委员会"(简称"省红联")。工人造反派组织被拒之门外。"工联"(全称"长沙市革命造反派工人联合委员会")于是年4月15日成立,与"省红联"针锋相对。6月初,"工联"欲拔掉中苏友好馆"高司"广播站,向其发出"武斗照会"。长沙的武斗全面升级。

尽管韩少功属于温和派,没有参加大规模的武斗,但在斗争中,他还是学会了投弹、打靶,也曾与同学们一道在几个不同的工厂蹲点,既参加义务劳动也参加运动,与工人群众组织打成一片。8月的一天,韩少功回家时经过一片街区,遭遇一场武斗混战。一颗流弹穿透了他的大腿,在医院时还莫名其妙地受到慰问。这段经历后来成为他短篇小说《枪手》(2017年)的基本素材。

作为红卫兵组织"韶山兵团"宣传部的主笔,他的工作主要还是负责起草各种论战文章,刷写标语,刻写蜡纸,编写油印小报等。应当说,这里成了韩少功最初崭露文学才华的地方。主流派控制了学校图书馆。他们破窗而入,有了饱读"禁书"的机会。巴尔扎克、巴金、杰克·伦敦、海明威、普希金、莫泊桑等就是这个时候进入了韩少功的视野。布哈林、托洛茨基、铁托等,也都开始成为他们讨论的话题。这些红卫兵私下里自由阅读,反倒有了满足知识饥渴的意外惊喜。

其时,在学生当中,读马列蔚然成风。韩少功曾经从母亲那里要来十二元大钱,买下四卷本的《列宁选集》,通读并做了几本厚厚的笔记。

"文革"反讽地给予了年青一代参与政治的机会。他们在喧嚣和动荡中消耗了青春,但也获得了后来者难以想象的人生磨砺,以及日后可资反思的直接经验。韩少功在回顾自身这段历史时,有这样的感触:"'文化大革命'可以说是我的一次思想解放,因为,只有到了'文化大革命',我才明白秩序是可以打破的,不像以前认为的那样只能服从;另外,只是到了'文化大革命',我才开始接触马克思主义和国际共产主义的各种思潮,真正打开了视界。"①

1968 年　十五岁

12 月,未到政策规定年龄的韩少功主动报名下乡,落户湖南省汨罗县天井公社茶场。

---

① 孔见:《血色的早晨》,见《韩少功评传》,郑州:河南文艺出版社 2008 年版,第 18 页。

毛泽东下达了"知识青年到农村去,接受贫下中农的再教育,很有必要"的指示。上山下乡既有试图消灭"三大差别"(即工农差别、城乡差别和体力与脑力劳动差别)的理想主义的一面,也有为"文革"降温、解决"老三届"就业难题的现实考虑。

长沙城里的革命已经退潮。随着"战友"一个接一个离开长沙,街道冷清了。对于未到政策规定年龄的少年韩少功来说,下乡显然更多缘自革命的激情。之前,他们二十几个中学生就曾热情洋溢地去信新疆生产建设兵团首长,要求去最艰苦的边疆战天斗地。省知青办不予审批,他们只能怅然作罢。去就近的乡村似乎更切实际。哥哥、二姐都已下乡,韩少功也打好了远行的背包。

在乡村,理想遭遇了残酷的现实。天井公社秀美的风光无法掩盖生活的简陋、清贫。农民们早出晚归,依旧难以维持最基本的生活,有的甚至劳动一年还要赔钱,饥荒惨不忍睹。迎接知青的自然也是超负荷的劳动与清苦的生活:"那是连钢铁都在迅速消熔的一段岁月,但皮肉比钢铁更经久耐用。耙头挖伤的,锄头扎伤的,茅草割伤的,石片划伤的,毒虫咬伤的……每个人的腿上都有各种血痂,老伤叠上新伤。但衣着褴褛的青年早已习惯。……我们的心身还可一分为二：夜色中挑担回家的时候，一边是大脑已经呼呼入睡，一边是身子还在自动前行……有一天我早上起床，发现自己两腿全是泥巴，不知道前一个晚上自己是怎么入睡的，不知道蚊帐忘了放下的情况之下，蚊群怎么就没有把自己咬醒。还有一天，我吃着吃着饭，突然发现面前的饭钵已经空了四个，这就是说，半斤一钵的米饭，我已经往肚子一共塞下两斤，可裤袋以下的那个位置还是空空，两斤米不知道填塞了哪个角落……"①

1969 年　十六岁

　　5 月，一个知青读书小组在韩少功的倡导下成立，他们还办起了农民夜校。韩少功编写了油印教材，并自掏腰包印刷成册发放给农民。巴黎公社、十月革命、反对资产阶级特权等深奥内容成了授课的内容，但是教学效果

---

① 韩少功：《开荒第一天》，见《山南水北》，北京：作家出版社 2006 年版，第 34—35 页。

不佳。因为农民只想认字，对各种思想毫无兴致。

生活中仍然只剩下种茶、种粮、种瓜菜的劳苦，有时为了担运竹材或木炭，竟要连续翻山越岭百余华里。

1970 年—1971 年　十七岁到十八岁

4月，因涉嫌违禁政治活动，韩少功被公社拘押审查。据他回忆，"违禁政治活动"乃不实罪名。当初，读书小组发动农民向有腐败行为的干部贴大字报，但被农民出卖，反遭报复。一些干部借打击"反革命运动"的机会，查抄小组成员物品，抓住日记、书信中的只言片语，想把小组打成"反革命小集团"，最后因证据不足而罢手。从此，韩少功对所谓农民的"先进性"有了新的认知。不过，他仍旧尊重农民自己的逻辑：知青们说的不论如何在理，但闹完之后可以拍拍屁股就走人，而农民们祖祖辈辈要在那里生活下去，哪能把诸多关系搞那么僵?[1] 尽管

---

[1] 韩少功、施叔青：《鸟的传人》，见《在小说的后台》，济南：山东文艺出版社 2001 年版，第 116 页。

如此,在一段有限的时间里,韩少功对农民和所谓"农村革命"失去了信心,相信知识分子才是历史的火车头。他较频繁地与靖县、沅江县等地的青年同道交通往来,并且扩展范围,与广西等外省的"异端分子"也有交往。他们甚至打算组建一个地下团体。

不过,茶场的学习小组很快分崩离析了。1969年的第一次招工就已经极大地分化了知青队伍,大家都有些人心惶惶,人的弱点不免浮上水面,一些人趋利的面目终于如实显露。理想与俗世利益的剧烈分歧也在撕扯着韩少功的灵魂:他能坚持到最后吗?

在韩少功看来,"文革"中有两个年份是非常关键的节点。一是1968年。在与王尧的对话中,韩少功说:"这种'看客'在1968年以后越来越多,因为利用'文革'来改良社会的希望越来越渺茫……在1968年以后,有限的社会运动也消失了,群众基本上成了失望与迷惑的'看客'。"①在知青群体中,这种失望情绪日趋浓厚,各

---

① 韩少功、王尧:《韩少功王尧对话录》,苏州:苏州大学出版社2003年版,第14页。

地出现的读书小组不过是这种反思、怀疑情绪的必然结果。二是1971年。是年9月13日，林彪、叶群等人叛国外逃，在蒙古人民共和国温都尔汗机毁人亡。这一事件给每一个热血青年都带来巨大的心理冲击。对此，韩少功说："在我的感觉中，林彪事件是一个重要的分界线。由于引发了巨大的思想震动，一次非常隐秘的思想启蒙从那时候就开始了。"①

　　这个时期，韩少功已经初步显露出文字上的才华。刚开始，他被抽调到公社抄写公文，并帮着修改新闻稿。在韩少功的帮助下，公社秘书的退稿率大幅降低。"县里大概也注意到这个公社在媒体上的能见度提升，于是常有电话打来，抽调我到县里写材料。这种'楼火'就吃得更爽了。几乎每个月我都有几天不用出工上地，而是衣冠楚楚牛头马面地入住县城招待所，每天得伙食补贴五毛，食有荤腥，夜有电灯，还有服务员来扫地送开水。什么是幸福？这就是幸福吧。什么是上层建筑？这就

_____

① 韩少功、王尧：《韩少功王尧对话录》，苏州：苏州大学出版社2003年版，第34页。

是上层建筑吧。不过县级官员比杨胖子难侍候,每次审稿都会有意见,每个参审人都水平高,哪怕以高克高互相消耗,甚至把自己绕晕,最后又回到第一审时的意见。自发现这种否定之否定规律,我便避繁就简,近道超车,每次完稿后决不再急于送审,而是拖到最后时刻,几乎是逼着领导把初审当作终审,只可能务实地说说人话——这就是说,不给他们高来高去的闲工夫,不给他们折腾下属和绕晕自己的机会。……这样,我就有了许多送审前的多余时光,忙一闲三,经常无所事事。恰逢1970年代初全国文化形势回暖,很多文艺院团恢复了自创节目的演出,省、地、县各级文艺刊物也都重新出版。在一个知青朋友的鼓动之下,我在招待所里闲着也是闲着,吃了五毛补贴后也得消遣,便胡乱凑些四言八句,关于诱蛾灯的(星火万千,美好诗情呵),关于水库大坝的(锁住龙王,气势非凡也),好像是诗,就算是诗吧,后来居然也印成了县刊上的铅字——眼看着一颗文艺小新星就这样意外地冉冉升起。"[1]

---

[1] 韩少功:《第一张书桌》,《小说界》2017年第1期。

1972 年—1973 年　十九岁到二十岁

1972 年 2 月，韩少功与另外五位知青奉命转点至天井公社长岭大队，任务是带动那里的农村文艺宣传活动，使之成为地、县两级的基层文化工作典型。在这里，他认识了女知青梁预立，并很快发展成恋爱关系。两人在情感上相当克制。尽管居住地相隔不过几分钟的路程，但为不影响读书自修，两人约定一周见一次面。

1972 年，韩少功开始了真正意义上的文学创作，写有短篇小说《路》，但未公开发表。当时还有一些文章发表在没有正式刊号的内部刊物上，比如《汨罗文艺》、岳阳地区级的《工农兵文艺》，等等。梁预立为韩少功早期小说集《诱惑》写的跋中有这么一段文字："我记得，又送走一批伙伴招工回城之后，他写了第一篇小说习作《路》，就是在队长家的堂屋里写成的。那时他在我们知识青年中算是能写点什么的了，出黑板报，或是为文艺宣传队编点什么说唱剧、对口词、三句半等等。他不满足，就写小说。"①

虽然在穷乡僻壤，韩少功的阅读面却并不狭窄。一批内部读物如长篇小说《落角》、《你到底要什么》等，成为知青们私下传阅的宝贝。赵树理、王汶石、杜鹏程、周立波、柯切托夫、高尔基、普希金、法捷耶夫、契诃夫、艾特玛托夫等文学上的启蒙导师，都曾令他内心潮涌，彻夜难眠。一些黄皮书、灰皮书对韩少功的影响甚大。吉拉斯的著作就是如此，《新阶级》、《不完善的社会》对南斯拉夫的社会主义进行了深入的反思。吉拉斯认为，世上并无完美的社会，社会主义也是如此。对社会主义最有力的批评应当来自社会主义内部，他愿意扮演一个像牛虻一样警醒世人的思想者。

创作上的初露锋芒，引起了人们的注意。韩少功被点名参加省《湘江文艺》杂志的创作培训班，并有作品发表。随后，他成为公社文化站的半脱产辅导员，有了更多的读书与写作时间。他在这个时期结识了本地的知青作家黄新心、老牌大学生胡锡龙、农民作家甘征文等。文友

---

① 韩少功：《诱惑》，长沙：湖南文艺出版社1986年版，第260页。

间的交流扩充了韩少功的知识面。因影响的逐步扩大，到省城出差亦日趋频繁。交友圈子进一步延展。与莫应丰、张新奇、贺梦凡、贝兴亚等人的交往开始成为韩少功人生的一部分。这当中，莫应丰的影响尤大。韩少功专为他写过两篇文章。在《莫应丰印象》中，韩少功提到，凭借独特的诗性气质与胆量，莫应丰成为那个圈子的精神领袖："湖南省一个文学创作学习班在南岳半山亭开办。……莫应丰中途闯上山来，声如洪钟，眼镜片后射出锐利逼人的目光，一种大将气派和兄长风度——熟悉他的人都戏称他'莫公'、'莫老爷'。……朋友们天天在分析报刊动态，偷偷传播着'政治谣言'……学习班竟成了结交同志和畅吐真言的机会。敏锐中夹有幼稚、愤恨中杂有惶惑。莫应丰无所顾忌，陈词激烈，常出独特见解，自然成了聚会的'头儿'。……这一天，有朋友告诉我，说莫应丰早已躲在浏阳县写了长篇小说《将军梦》(出版后改名为《将军吟》)，题材是军队中的悲剧，主题是完全否定'文革'的。……我听了大吃一惊，也肃然起敬——莫应丰真敢干啊！舍性命以求真理，伸正气以抗强权，要是中国的作家都如此，中国怎能没有救？中国的文学怎能没有救?"①《然后》一文则写在莫应丰病逝两年之后,文中一段话感人至深:"他患病的消息传到海南时,我在省政府大门口遇到张新奇、贺梦凡等熟人,无不闻讯而失色,久久掩面泣于街市。"②

1974 年—1976 年 二十一岁到二十三岁

1974 年 12 月,因创作的实绩,韩少功被汨罗文化馆录用,结束了六年知青生活。

是年,韩少功开始公开发表作品,有短篇小说《一条胖鲤鱼》(《湘江文艺》1974 年第 1 期)、《红炉上山》(《湘江文艺》1974 年第 2 期),以及时论《"天马""独往"》(《湘江文艺》,批林批孔增刊,1974 年 3 月)。

随后两年,发表有短篇小说《稻草问题》(《湘江文艺》1975 年第 4 期)、《对台戏》(《湘江文艺》1976 年第 4 期)、

---

① 韩少功:《莫应丰印象》,见《夜行者梦语——韩少功随笔》,北京:知识出版社 1994 年版,第 173—176 页。

② 韩少功:《然后》,见《夜行者梦语——韩少功随笔》,北京:知识出版社 1994 年版,第 180 页。

《开刀》(《湘江文艺》1976 年第 5 期)。另有时论《从三次排位看宋江投降主义的组织路线》(《湘江文艺》1975 年第 5 期)、《斥"雷同化的根源"》(与刘勇合作,《湘江文艺》1976 年第 2 期)。

对这一时段的创作,韩少功后来有过回顾与反思:"'文革'开始,我十三岁。父亲从不主张我搞文学,认为危险,要我念数学。后来下放到农村当知青,数理化一点也不管用,还是在宣传墙报,写写材料、诗歌,自得其乐。七四年以后稍微松动,可私下读到一些优秀的文学作品。在这之前,看得到的只有马列、毛泽东文选,还有鲁迅一本薄薄的杂文,与梁实秋、林语堂辩论笔战的,政治色彩比较浓。当时没有其他的书可看,我自己抄了三大本唐诗宋词。第一篇作品就是这时写的。七七年以前,思想非常僵化。为了保住这枝笔,只好与当时的政治形势挂钩,不得不妥协。"①

尽管如此,我们也不应忽视韩少功这一时期创作特

① 韩少功、施叔青:《鸟的传人》,见《在小说的后台》,济南:山东文艺出版社 2001 年版,第 115—116 页。

有的艺术价值。这主要表现在如下三个方面：

首先，对两性亲密关系的精彩描述为文本增添了不少日常生活的情趣。在《稻草问题》中，你死我活的阶级斗争是导火索与文本主线，但在阅读中不难发现，夫妻间的矛盾形式显然比一般类型的阶级斗争有趣得多。亲密关系的临时裂痕反而意味着修复的强大欲求，这吸引读者作进一步的探寻。而且矛盾的解决必然伴随着亲情、爱情的介入，哪怕作者没有意识或迫于时势尽可能避免这些因素的产生。此种情形下，往往容许大量不太严肃，也更感性更具文学性的行为动作进入文本。《对台戏》中的亲密关系表现在石长柱与柳杏芳这一对恋人身上。整个故事都围绕着文化工作在"双抢"阶段是否有必要缓一缓这一议题展开。陈殿义主张暂停，而石长柱坚决反对，认为这是"走资派"的立场。当然，陈殿义是可以争取的，真正的坏蛋是"五类分子"戴汉秋，他利用陈殿义，四处煽风点火，破坏生产与文化工作的开展。如果整个故事就这样叙述出来，自然平白乏味，如同嚼蜡。亲密关系的加入直接激发了文本的内在生机与活力。比如，当石长柱边走边哼曲调时，有个嫂子就有意逗他：杏芳教的歌怎么还没学会？尤为重要的是，斗争的过程与他们感情的深化是联系在一起的，这无疑等于在作品中布下了明暗两条线索，明线是斗"走资派"，暗线是亲密关系的巩固与加强。

其次，部分人物形象的塑造可圈可点。毋庸讳言，韩少功的"文革"时期作品对人物的体察与把握尚欠火候，这尤其表现在对成年男性的"模式化"刻画上。不过，作品对女性与儿童的塑造却颇为成功。其"文革"时期创作的四个短篇中，都有女性形象出现。《红炉上山》中，郭小莲还有男性化的倾向。她在所有场合中，都以一个高呼口号的强硬形象出现。偶尔配上一两个动作，也是孔武有力的。这是"文革"特有的"铁姑娘"美学。女性性别特征经书写、篡改，已经丧失殆尽，纯粹成了男性与政治符码功利性的编码对象。不过在《一条胖鲤鱼》中，情况又有所不同。端端妈就很有母性关怀。对话中，母亲的言语特征以及对孩子的怜爱之情均得到了恰当的表现。《稻草问题》中，女性性别特征开始得到作家关注。应当说，这篇作品是最先关注女性生理、心理诸方面特征的。通过细节描绘，文本恰当、细致地向我们展示了一个青年女性在遭遇不同情况时的形象特点。《对台戏》中刻画了柳杏芳这样一个大大咧咧的清纯可爱的女性。对儿童的出色描写是韩少功创作中的又一亮点。《一条胖鲤鱼》写了两个小男孩：端端与牛牛。其中，写得最成功的当是端端。通过精彩的对白，文本将儿童的生活情态、言语与思维方式都活灵活现地表现了出来。

其三，对方言、俗谚的娴熟运用表明韩少功已有较成熟、自觉的文体意识。这在《红炉上山》中，还只是稍有表现，如"一个钉子一个眼"、"一担萝卜剩一头"、"孙悟空的金箍棒，粗得细得"、"硬要撑斗风船"等。《稻草问题》在这方面则有明显的突破，几乎所有人物对话都有了较为强烈的方言色彩。如珍英的言语中，此类句子就有很多："前面乌龟爬开路，后面乌龟照路爬"、"看你脑壳装的不是豆渣就是老糠"、"讲清白了再走"、"看你蛮古伴筋的鬼性子"。这些语句形象、生动，比喻、借代等辞格都蕴含其中。其吸引人之处还表现在言说的精炼与通俗上。只用寥寥可数的几个字，就将要说的问题表达得清清楚楚。胡水成的言语也是如此，譬如"碰着了你哪根肠子哪根筋"、"扎纸人和泥菩萨来搞双抢"、"讲风就是风，讲雨就是雨"、"想得死火"等语句，莫不给人耳目一新之感。反面人物

"铁算盘"的言语中也有不少的方言。这种语言表达策略意义非同小可,它足以改变韩少功"文革"小说部分文本的整体面貌,并且逐渐转化为韩少功后来创作的经验资源。

1977 年 二十四岁

2 月,参加农村工作队,独自一人在名为"舒家里"的生产队蹲点,负责管理全队的生产和生活。这为写作《月兰》准备了生活素材。经此,韩少功对农村的认识有了很大的变化。他在访谈中说:"我当知青时的汨罗县,农村一年比一年贫困,在我下放的那个生产大队,有一个生产队的社员劳动一天只能得到人民币八分钱,有的甚至劳动一年还要赔钱,饥荒惨不忍睹。那时再违背良心讲假话,那就很卑鄙。我站在人道主义立场,为农民说话。这时又读了些十九世纪批判性很浓的翻译作品,更刺激了我为民请命的意愿。"[①]

---

① 韩少功、施叔青:《鸟的传人》,见《在小说的后台》,济南:山东文艺出版社 2001 年版,第 116 页。

10月12日，国务院批转教育部《关于一九七七年高等学校招生工作的意见》，决定从1977年起，恢复"文革"中被废弃的高考制度。

12月，韩少功参加高考。本来他填报的是武汉大学，并且按成绩完全可以录取，但几位朋友成绩不理想。为了今后能与他们继续在岳麓山下一起励志探索，韩少功将志愿改为湖南师范学院。

是年，"伤痕文学"浮出历史地表。其时，韩少功的《月兰》已处于孕育之中。不过与这一时段许多作家不同，他与同事甘征文还接受了一个为无产阶级革命家任弼时撰写传记的任务。韩少功为此赴江西、四川、陕西、北京等地采访和调查，历时一年多。对王首道、王震、李维汉、胡乔木、萧三、罗章龙、刘英（张闻天夫人）、帅孟奇、李贞等革命先辈的采访，无疑很大程度上深化了韩少功对那个年代的历史认知。

《任弼时》带有很强的文学色彩，整个文本的底色是明亮清澈的。这部书出版之时，当代文学已经逐渐深入到"反思文学"阶段。这一时段前后，韩少功创作了《战俘》《西望茅草地》等作品，其文本面目与"反思文学"既有近似之处，也有质的不同。一定程度上，"反思文学"是新启蒙思潮的一部分，是"告别革命"的文学演练。张种田等人物显然难以归入这一类。为撰写《任弼时》而走访的那些革命老前辈，在韩少功心目中均是有血有肉的存在，并非一个简单的极左革命标签就可予以概括的。

总有一些东西会深入一个作家的灵魂。对韩少功而言，《任弼时》一书就是如此。他对历史、革命、新启蒙主义的独到理解，都或隐或显流露出源自于此的影响。不过评论界很少提及这部书。在少有的一些评论中，蒋守谦的评价很是中肯："就其主观方面来说，我觉得他参加并执笔传记文学《任弼时》(与甘征文合作)，是他在创作上真正走向革命现实主义的一次带有打基础性质的活动。为了写好这本书，他在中共汨罗县委的领导和帮助下，进行了广泛的社会调查，走访革命前辈，大量阅读、搜集、整理革命历史资料。这不仅使《任弼时》这本长达二十二万字的作品成了记事翔实、情文并茂、引人入胜的好书，而且更重要的是，对于韩少功这样一个青年作家来说，这种了解历史，熟悉老一辈无产阶级革命家光辉业绩和崇高品格的工作，更是他提高觉悟、开阔视野、陶冶品质,把自己的创作活动牢牢地建立在比较深刻地理解中国历史和中国革命的基础之上的一次基本功训练。他的几篇比较有分量的作品,都发表在写完《任弼时》之后,决非偶然。正是在这几篇优秀作品中,我们看到了他笔下的现实生活和历史生活的内在联系,看到了他所着重揭露和批判的极左思潮的社会历史根源,以及他在这种揭露和批判中所表现出来的政治分寸感,他对光明未来的信心和热烈的憧憬。"①

1978 年　二十五岁

3月,就读湖南师范学院中文系。

此前,韩少功曾参加过 1973 年的高考,其经历殊为可叹:"全国恢复高考的消息最初未能使我动心。对于那次高考能否真正做到尊重知识和公平择优,我一开始十分怀疑。因为此前不久那次流产了的高考我也参加过,自信考分不低,不料后来冒出一个交白卷的'反潮流'英

---

① 蒋守谦:《韩少功及其创作》,《文艺报》1981 年第 19 期。

雄,冒出一场全国性的'反复辟'运动。在我当知青的那个县,据说所有的考卷没评分就封存起来化了纸浆,给我一种大受其骗的耻辱感。我自认为从此多了一份清醒,不再相信在领导印象、人际关系以及家庭政治背景之外,还能有什么公正考试。"①不过后来的韩少功并没有抱怨。他想起一个同伴,一个聪明好学的老高三的高才生。这个人因家庭困苦难舍国企,没参加高考。后来,下岗,养猪,夫妻不和,女儿失业……多年后重逢时,这个老友已满脸憔悴,目光微弱而涣散,背也过早地弯曲如弓。韩少功因之而生如下感慨:"命运就是这样捉弄人。一个人,是人世间的一颗微尘,其成败在很大程度上受制于社会和时代,并不完全取决于自己。所谓小势可造,大限难违,是之谓也。正是从这一点出发,我无法向自我中心主义的哲学热烈致敬。我从老朋友一张憔悴的脸上知道,在命运的算式里,个人价值与社会和时代的关系,不是加法的关系,而是乘法的关系,一项为零便全盘皆

① 韩少功:《一九七七的运算》,见《人在江湖》,北京:人民文学出版社
　 2008 年版,第 155 页。

34

失。作为复杂现实机缘的受益者或者受害者,我们这些社会棋子无法把等式后面的得数仅仅当做私产。"①这种目光向下的草根主义人生哲学与眼下盛行的成功哲学完全不同。后者奉行自利的强者逻辑,一切弱者与边缘人不过是这一功利型社会高速运转时抛离的可有可无的赘余物。

七七、七八级是"文革"式教育遇挫,最终被迫回归现代教育体制的产物。因有这样的历史背景,它在整个世界高等教育史上都堪称奇观。"文革"以来积压的十余届初高中生成为这两届天之骄子的诞生基数,无数优异者被历史大转盘抛离幸运的轨道。七七、七八级是幸运的代名词,他们当中有的已近不惑之年,有的还面露稚气。在韩少功的同班同学中,最小的才十六岁,成为大龄同学呵护照看的对象。

才踏入湖南师院校门,韩少功的名声就传开了,因他的短篇小说《七月洪峰》刊登在了《人民文学》的最近一期

---

① 韩少功:《一九七七的运算》,见《人在江湖》,北京:人民文学出版社2008年版,第156—157页。

上。在那个年代,每一期《人民文学》的面世就好比一次社会文化事件一样引人注目。一个大一学生就在这样的刊物上露脸,其震撼程度可想而知。

9月,同莫应丰、张新奇、贺梦凡等人组织了"四五文学社",并与社友共同倡导省会城市和大学内的"民主墙",呼吁为"天安门事件"平反,反对极左教条主义,批评湖南省领导在"实践是检验真理的唯一标准"的大讨论中保持沉默。他主持的《新长征》壁报因尺度大招致学院领导不满。省委派人过来调查,政工干部出面忙着做思想工作。

当年的湖南师大学子壮怀激烈,以天下为己任。韩少功与十一位志同道合者有张合影,照片正上方写有"麓山十二贤"字样,落款"辛酉立冬前四日"。

12月,与梁预立结婚。

梁预立是韩少功中学同学,"文革"与知青时期的同伴。韩少功结婚时生活条件并不太好。在父亲所属机关为他家落实政策重新安排住房之前,他与母亲曾租住德雅村一间民房。骆晓戈的文章对当时的情形有详细记载:"大概的1979年春节吧,大年初二,我到长沙德雅村一个朋友家玩,记起少功也住在德雅村,便和那个女友一块去看他。一片草畦,几幢农家住宅,红泥墙、黑屋檐,路十分泥泞,进堂屋往左一折身,是他家租借的一间农民屋子。那是第一次到他家,房子破旧不堪,且十分拥挤,不足十二平方米的空间开了三张床,床都是窄得不能再窄的,甚至用竹凉板架成,他说只有这样才摆得下三张。他哥哥、姐姐,回长沙都住这里。还挤出一方摆他的书桌和书架。书桌摆在一个钉了窗格子的窗户下,他请我吃糖。我最为惊奇的是少功的头发梳得真光,平日那乱糟糟的后脑勺突然地光洁,以后的这么多年中,我只见过那一回,少功是从不讲究理发的。我所以对那次印象特别深。我很惊讶他在这种环境中写作。《月兰》就在这里写的,他告诉我,不碍事,他的母亲常常一整天不说话,只默默地走进走出,做家务也不带出一点声响。我们在扯谈,照例是海阔天空,他母亲静静地坐在暗处,我对这位作家的母亲油然而生敬意,后来一直十分敬重这位老人。开了学,大家闹着要吃糖,我才知道少功燕尔新婚,我去他家那天,他正当新郎哩。我吃了喜糖,他请我吃的,可是居然不知道是吃喜糖,这才记起那天他头上梳理出的那些光泽，顿时大彻大悟。"①

是年，发表有短篇小说《七月洪峰》(《人民文学》1978年第2期)、《笋妹》(《少年文艺》1978年第2期)、《夜宿青江铺》(《人民文学》1978年第12期)，散文《宝塔山下正气篇——记任弼时同志在"抢救"运动中与康生的斗争》(《湘江文艺》1978年第4期)等。

《七月洪峰》是韩少功首篇发表在文学类顶级刊物的小说，是他走向全国的第一步。它引起了批评家的注意。蒋守谦认为，这部小说"刻画了一个在洪水泛滥的严重时刻，坚决顶住'四人帮'所谓'反击右倾翻案风'的倒行逆施，奋不顾身地保卫人民生命财产的市委书记形象，情节紧张，笔墨泼辣，初步显示了作者刻画人物、结构故事的才华，但同时也存在着气势渲染有余、形象描绘不足的情况。作品的主题似乎还受制于当时流行的政治概念，并非完全是作者生活感受的结晶。就是说，此时作者离严格的革命现实主义还有一个明显的距离"。②

---

① 骆晓戈：《韩少功印象》，《芙蓉》1986年第5期。
② 蒋守谦：《韩少功及其创作》，《文艺报》1981年第19期。

1979 年　二十六岁

3月,随"中国作家赴前线参观团"到广西和云南战争前线采访。

这次参访对韩少功刺激很大。同学骆晓戈这样写道:"1980 年,他从中越边境回来,他是随中国作家赴前线参观团赴云南的。那一天,我在一间屋里见到他,想听他讲些什么的,没想到他刚刚说了几句话:'看了,难过,山口都是坟,灰灰的墓碑,遍山遍岭……'","小房里贴着的白窗纸被震得呜呜地响,我第一次见到男子汉流的眼泪。我们都沉默了。他也沉默,以至一段时间没写什么。他风尘仆仆,身上还带着硝烟弥漫的味儿。……他写人的变态,畸形,其实是他对人类具有一种博大的爱,对人性复归有着更强烈的愿望罢了。"[①]

5月,短篇小说《月兰》得到《人民文学》主编、老诗人李季的决定性支持,在《人民文学》发表。但因揭露农村

---

① 骆晓戈:《韩少功印象》,《芙蓉》1986 年第 5 期。

黑暗面,涉嫌"资产阶级自由化",引来较多争议和批评,有人认为是对当时正在召开的全国"农业学大寨"会议的直接对抗。为保护韩少功,时任湖南省文联主席的康濯亲自为小说加了一个"光明的尾巴",不过依旧无济于事。①《月兰》在后来的第一届全国优秀短篇小说评奖中,得票数非常高,但最终出局,理由是该作品受到苏联和台湾的吹捧。令人欣慰的是,韩少功收到了几百封农民来信,其中一封说全村会议上有人朗读了这一篇小说,读得好多人泪流满面,对他为民请命的小说表示支持和感激。

---

① 有关康濯与《月兰》,韩少功后来有如下回忆文字:"我的短篇小说《月兰》在《人民文学》杂志发表,因是一篇表现乡村生活的悲剧故事,被台湾和前苏联的媒体转载,引起了舆论界激烈的争议。先生对此事似乎比我还着急。据说他在好几次会议上为这一个作品辩护,又私下约我商议对策,还主动给我续写了上千字,加上一个'光明的尾巴',以免我横遭可能的政治批判。我不大理解他那颗小脑袋里捣腾的政治经验,不觉得这个'光明的尾巴'有多好,而且随着时过境迁,管制尺度进一步宽松,这种文字防身术也逐渐变得多余。但他当年心急如焚'护犊子',不把自己当外人的代笔疾书那一幕,仍是我心中恒久的温暖。在他的力推之下,这篇作品获得省里一项重奖,算是对它在全国评奖中呼声甚高、却最终因争议而落选的一种弥补。"(《新民晚报》2017 年 1 月 17 日)

10月,韩少功参加了全国第四届文代会,并经康濯介绍加入中国作家协会。其间,与刚出狱借调北京工作的杨曦光会面,并与广东作家孔捷生一道,探访北岛和芒克等人组织的《今天》杂志社,参加了他们的集会和讨论。韩少功还自费买了一百本《今天》创刊号,带回长沙散发给朋友们。

是年,发表有短篇小说《战俘》(《湘江文艺》1979年第1—2期合刊)、《月兰》(《人民文学》1979年第4期)。与甘征文合著的传记文学《任弼时》由湖南人民出版社出版。

《战俘》是韩少功逐渐走出意识形态化写作的初步尝试。曾镇南曾给予《战俘》很高评价。他说:"《战俘》虽然不是写农村人物的,但这个短篇却是韩少功追求人物性格的丰富性、复杂性的审美意识在创作实践中的第一次觉醒。小说以一种完全新的眼光去观察、处理一位当了战俘的国民党军官赵汉笙,对他的复杂性格作了较深的发掘。……但是,我们必须记住,小说写于1978年5月,其时创作界的板滞、僵硬局面尚未打破,人物塑造上'左'的因袭还相当沉重。在这样的情况下,《战俘》是具有一定的率先冲击的作用的。它属于《班主任》、《伤痕》等作品造成的潮流之列，在题材性质上，与《内奸》更为相类。"[①]

《月兰》是"伤痕"潮流中的一朵绚丽浪花。它的编辑出版伴随着许多故事，而它叙述的故事本身也分外凄婉动人："我"参加农村工作队，到一个叫吴冲的生产队办点。这个生产队前一年受灾减产，穷极了。这样的烂摊子怎么学大寨小靳庄？"我"听同事指点，进队就抓肥料，不准家粪上自留地。对此，妇女们不满：自留地荒了拿什么养鸡？随后的日子，我发现一个叫月兰的妇女屡次三番放鸡在草籽田里觅食。一发现，她认错不迭，但又屡教不改。月兰男人叫吴长顺，两口子感情很好。月兰月子里害过病，去年又动手术割了瘤子，挺可怜的。尽管如此，"我"还是公事公办，下定决心往地里放把农药。月兰家的四只鸡全被毒死了！"我"在人群中听到一个伤心的哭声："天啦！这是最后四只鸡！海伢子读书就靠这几个苦命的鸡呵！……我不是想损害集体，我没法子呀！没

---

① 曾镇南：《韩少功论》，《芙蓉》1986 年第 5 期。

法子呀！人都吃不饱,我拿什么喂鸡？没法子呀！……"
"我"对吴长顺说,你们家得吸取教训,还得教育大家。马
上写检讨,印百把份。吴长顺央求"我",说堂客禁不起风
浪,"我"拒绝了。后来,工作队杨副队长巡查工作,要求
在写检讨基础上,每只鸡罚款五元。因家里的小纠纷,喝
过闷酒的吴长顺给了月兰一耳光。月兰出走了,"我"和
村民把她寻了回来。"我"淋湿的衣服落在了月兰家。第
二天,吴长顺在水库边发现一双熟悉的布鞋……月兰永
远走了。在月兰家,六叔递给"我"那件衣服。它洗净了,
叠好了,肩上一个破洞也补好了,补丁合色,针脚细
密……

　　关于《月兰》,曾镇南认为它"第一次为韩少功赢得了
全国性的文学声誉"。[1] 王福湘也认为,《月兰》是韩少功
"现实主义思想和艺术走向成熟的标志。韩少功为遭受
极'左'路线迫害的广大农民,喊出了蕴蓄已久的心声,赢
得了读者的热烈赞扬。其后两年多来,他发表了十几个
短篇和一部中篇,《西望茅草地》和《同志交响曲》分别在

---

[1] 曾镇南:《韩少功论》,《芙蓉》1986 年第 5 期。

全国和本省获奖，但《月兰》仍是他影响最大的代表作"。[1] 王福湘说，在采取同类题材的同辈作家中，韩少功突出的特点是思想的深刻性。《月兰》等作品"都真实反映了历史和现实生活中的悲剧，不仅再现皮相，而且深入骨髓，比较准确地揭示了产生悲剧的社会基础和历史根源，并没有把悲剧简单地归结为个人品质上的原因。《月兰》写了农民和工作队的矛盾，实质上反映了人民群众和左倾路线的矛盾，当事双方都是好人，毒死月兰家四只鸡的工作队员'我'，和月兰无冤无仇，不过是极'左'路线制造悲剧的工具。把病弱的月兰压在社会的最底层以至逼上绝路的，还有农村中浓厚的夫权思想。月兰和她的丈夫、婆婆以及队长和社员们在极'左'路线淫威之下逆来顺受、欺软怕硬的精神状态，又打上了鲁迅着力批判过的国民性弱点的历史烙印。月兰形象和命运的思想内涵是十分丰富和深刻的"。[2] 对这个作品，岑桑不吝赞美

---

① 王福湘：《生活·思考·追求——评韩少功近几年的小说创作》，《湘江文学》1982 年第 3 期。

② 王福湘：《生活·思考·追求——评韩少功近几年的小说创作》，《湘江文学》1982 年第 3 期。

之词。他对月兰的评价甚为贴切:"月兰悲剧之所以感人肺腑和发人深省,在于作者在描绘了所谓'土壤'的同时,还写出了月兰终于不得不赴死的诸因素;正是那几股为脆弱的月兰所难以抗拒的压力,最终地把她驱迫到水库的深处去的。月兰之死,是这一悲剧赖以萌发的'土壤'以及有关诸因素所共同促成的,是这个伤心的女人的性格发展合乎逻辑的结果。……所以我认为,《月兰》的艺术魅力,在很大程度上是附丽于形成这一高潮的可信性,也就是这一悲剧从发生、发展到最后完成的必然性之上的。"①

1980年　二十七岁

1月,女儿诞生。

9月,时逢全国各地民众的民主意识空前高涨,民主经验却相对缺乏,在群众的吁请下,韩少功同意以学生总

---

① 岑桑:《哀月兰》,见廖述务编《韩少功研究资料》,天津:天津人民出版社2008年版,第493—494页。

代表名义介入因选举区人民代表而产生的学潮。但身处静坐、绝食、罢课、游行示威，乃至掀汽车堵交通的混乱局面，面对外电的兴奋报道和一些文化界明星的激情声援，韩少功向学生提出一些要求：一，不搞过激行为，不提过激口号；二，不成立跨行业、跨地区组织；三，停止绝食并尽快复课，以合法方式表达民主诉求。在激进学生煽动下，韩少功的提议被学生认为是胆怯与妥协，终被各系代表以多数的名义加以否决。随后，韩少功进一步陷入被夹击的"窘境"：批评校方的官僚主义为校方所不满；劝返静坐绝食的学生，批评激进与违法行为等又招致激进学生不满。有些学生头头的表现更让人失望，他们在运动中很快建立"准"官僚体制，带上秘书和保镖，并开始遥想未来在团省委和政府机构里的官位。这给韩少功上了一课。虽然他的态度与后来全国人大常委会调查组的结论基本吻合，但他仍然使冲突双方都感到不快，在双方之间陷入深深的孤立，从而体味到"民主"的某种苦涩滋味。

这次运动给韩少功以巨大冲击，成为他文学观念发生转变的契机。在韩少功身上，一种怀疑主义的东西开始潜滋暗长。他不只对主流意识形态投以审视的眼光，所谓的新启蒙意识形态在他那里也不再意味着绝对正确。甚至于，在他看来，一种貌似正确的思想或主义下面，往往也会掩藏着阴暗与龌龊。思想需要人来践行，而人总是有限的。于是，思想的龙种总是收获现实的跳蚤。自此之后，韩少功的创作有了更复杂的人性维度，有了更多向度的诗性辩证。

是年，发表有短篇小说《起诉》(《芙蓉》1980年第2期)、《吴四老倌》(《湘江文艺》1980年第2期)、《火花亮在夜空》(《上海文学》1980年6月号)、《西望茅草地》(《人民文学》1980年第10期)、《癌》(《湘江文艺》1980年第11期)，中篇小说《回声》(《小说季刊》1980年第2期)，散文《人人都有记忆》(《湖南群众文艺》1980年第2期)。

《月兰》让韩少功走向全国，汇入"伤痕文学"大潮。《西望茅草地》则在观念上有了鲜明的韩氏风格，对他后来的创作影响甚深。"茅草地"的故事带有寓言性质，它浓缩了一整段历史："我"中学毕业时正碰上国家动员青年支农支边。不顾父母阻拦，"我"心一横只身混上了西去的列车,只带了一支牙刷。老革命上校场长张种田赶着马车把我们接到了"茅草地"。欢迎大会上,张种田说,现在的"茅草地"丑死人,锄头下出黄金,今后会有洋房子、大马路、电影院、游泳池、共产主义大学……在"我"看来,场长有许多地方值得钦佩,他打麂子枪法准,扶犁耙有一手,估田产猪重一眼准……但他不尊重经济规律,大跃进时,农场也"放卫星"。大伙的伙食越来越差,而活却越来越重、越来越多。他不尊重科学,主张埋头苦干。"我"劝说他制菌肥。几次试验失败后,他失去耐心,勒令我们继续回去挖地。场部干部,甚至是他洪水中救下的两个九岁干儿子,都要到工地上干活。他模仿战场环境来测试"我"阶级立场是否坚定。在他眼中,"我"和他女儿小雨的爱情不过是资产阶级腐化思想,会严重侵蚀"我"的阶级立场。他间接地将小雨送上了不归路。因严重违反经济规律,农场最终无法维系,倒闭解散了。大家热热闹闹庆贺,本地职工趁机偷偷摸摸揩油。要离开农场时,"我"见到了老多了的场长。他和"我"寒暄几句,拿着酒壶,踉踉跄跄地走了。汽车发动了,车内一片笑声。"我"无法融入这股声浪中:"茅草地"只配用笑声来埋葬吗？——"你们"到底笑什么?!

《西望茅草地》引起了较大反响,获得该年度全国优秀短篇小说奖。"好人"张种田在乌托邦激情下办出了"坏事"。这种反思已经超出了简单的"伤痕"式反思,而是深入到了人性与革命伦理本身。有评论家后来指出,时隔三十多年后韩少功创作的长篇随笔《革命后记》,其对历史复杂性的深入思考,在当年《西望茅草地》中已见端倪。《西望茅草地》延续了《月兰》直面现实的风格:"月兰真有其人。《西望茅草地》的农场场长张种田也是真实的。农场有一些干部,文化水平不高,山沟沟里出来的马列主义,革命造就的权威使他们看不到自己的弱点,在和平建设时期显得很尴尬。"[1]显然,韩少功并不想回避生活的真实面目:"为什么一定要把生活原型削足适履,以符合某种主观的框架呢? 难道对笔下的人物非'歌颂'就要'暴露'吗? 伟大和可悲,'虎气'和'猴气',勋章和污点,就不能统一到一个人身上吗? 我对自己原来的观念

---

① 韩少功、施叔青:《鸟的传人》,见《在小说的后台》,济南:山东文艺出版社 2001 年版,第 117 页。

怀疑了。我想……人物的复杂性是更受重视的。何况我们是在回顾一段复杂的历史。"①这种"直面"的态度也带来一定风险,上面认为其涉嫌丑化老干部形象。这篇小说1980年得奖,不过争议很大,北京电影学院(青年电影制片厂)将该作品搬上银幕的计划,也被有关领导部门否决。当时《人民文学》编辑们在评奖过程中还发出过"誓死捍卫《西望茅草地》"的呼声。②

曾镇南认为:"《月兰》之后,韩少功对生活的思索更深沉更开阔了。他写出了反思1958年'大跃进'时期农场生活的力作《西望茅草地》。这部作品和茹志鹃的《剪辑错了的故事》、刘真的《黑旗》、张一弓的《犯人李铜钟的故事》、高晓声的《"漏斗户主"陈奂生》等,共同为那场经济蛮干及其灾难性的后果留下了历史的真实影像。《西望茅草地》以粗犷有力的笔触,塑造了茅草地'王国'的'酋长'张种田的形象。这个形象体现了作家在塑造人物上新的自觉的探索。他力图突破那种反现实主义的'叙

---

① 韩少功:《留给"茅草地"的思索》,《小说选刊》1981年第6期。
② 韩少功、施叔青:《鸟的传人》,见《在小说的后台》,济南:山东文艺出版社2001年版,第120页。

好人完全是好,叙坏人完全是坏'的简单化的类型描写,努力按照社会生活本身的丰富性和复杂性进行典型创造。"①旷新年说:"《月兰》和《西望茅草地》是古典意义上的悲剧,它们不同于当时'伤痕文学'和'反思文学'的作品把历史的悲剧归结为个人道德上的原因,归结为人物的品德缺失。……作者对造成悲剧的人物并不是简单地更不是单纯道德化地予以批判和谴责。《月兰》和《西望茅草地》等韩少功的早期作品体现了一种哀而不伤、怨而不怒的美学风格。"②

大多数研究者很重视《西望茅草地》,而对中篇小说《回声》则有所忽视。其实,在韩少功那里,《回声》有着独特的地位。首先,它是韩少功借鉴现代派手法的开始:"我很注意'现代派'。有些同志对这一流派的哲学观和艺术观全盘否定,我是不敢苟同的。前不久我还和湖南的中年乡土文学作家孙健忠讨论过这样的问题:怎样突破传统的局限?怎样使乡土文学更能满足现代青年的思

---

① 曾镇南:《韩少功论》,原载《芙蓉》1986年第5期,此处引自廖述务编《韩少功研究资料》,天津:天津人民出版社2008年版,第219页。
② 旷新年:《韩少功小说论》,《文学评论》2012年第2期。

维需求和美感需求？我想可以向'现代派'吸收一些长处，来增强自己认识和表现生活的能力——在《回声》等作品中曾作了这样的试验。"①其次，它开启了韩少功对政治的辩证反思："这篇小说把'文革'的矛盾做一些剖析，一方面'文革'是最专制的，一方面又最无政府，很乱，谁都有枪。当初我也很醉心政治，后来有了变化。八一年一次大学学潮，年轻人在学潮中争权夺利，民主队列内部迅速产生专制，使我对自己的政治兴趣有些新的反省。好些人红卫兵的政治梦还没做完，还以为革命可解决一切问题。"②

从《西望茅草地》等创作可以看出，韩少功已经开始直面沉重的历史本身。这种创作动向一直延续了下去。这类作品中的人物无一例外，都遭遇或导致了一连串社会与人生的不幸。正因为这些苦痛都"或显或隐地流露出历史的缘由"，所以相对于同时期汪曾祺、贾平凹等作

---

① 韩少功：《学步回顾——代跋》，见《月兰》，广州：广东人民出版社1981年版，第268—269页。

② 韩少功、施叔青：《鸟的传人》，见《在小说的后台》，济南：山东文艺出版社2001年版，第116—117页。

家的纯朴和诗意,韩少功的小说"更多地给人带来一种沉重之感"。①

1981 年　二十八岁

是年,发表有短篇小说《晨笛》(《芳草》1981 年第 1 期)、《同志交响曲》(《芙蓉》1981 年第 2 期)、《风吹唢呐声》(《人民文学》1981 年第 9 期)、《飞过蓝天》(《中国青年》1981 年第 13 期,《小说选刊》1981 年第 9 期转载)、《谷雨茶》(《北京文学》1981 年第 12 期)等,文论《留给"茅草地"的思索》(《小说选刊》1981 年第 6 期)、《用思想的光芒照亮生活》(《中国青年》1981 年第 18 期)。出版有中短篇小说集《月兰》(广东人民出版社)。

《飞过蓝天》获全国五四文学奖,及该年度全国优秀短篇小说奖。这篇小说值得关注,它描绘的鸽子"晶晶"更像作家自身精魂的文学寓言。那种执拗与坚守可以穿

---

① 南帆:《人生的解剖与历史的解剖——韩少功小说漫评》,《上海文学》1984 年 12 月号。

越时空,展示永恒的未来性。

韩少功第一本中短篇小说集《月兰》收录了《七月洪峰》、《夜宿青江铺》、《战俘》、《吴四老倌》、《月兰》、《火花亮在夜空》、《雨纷纷》、《西望茅草地》八个短篇,以及一部中篇小说《回声》。集子末尾所附《学步回顾——代跋》,是一篇韩少功总结既往创作的重要文章。文中,韩少功谈到,当年下乡当知青,写了一些自己并无很大兴趣的三句半、对口词、小演唱和小戏曲,"这多半当然是不甘寂寞,但其中也不无找'饭碗'的动机"。① 这些目的很快就达到了。韩少功说:"一九七四年下半年,我由知识青年变为一个县文化馆的创作辅导员,但创作的苦恼几乎使我放下了笔。违心写出的东西,自己也觉得不真实、没意思。"②这些"违心写出的东西"当指韩少功1976年前写的《红炉上山》、《稻草问题》、《对台戏》等作品。那么,"出路在哪里呢? 幼芽在压抑下生长,不是死亡就是长成畸形。

---

① 韩少功:《学步回顾——代跋》,见《月兰》,广州:广东人民出版社1981年版,第265页。

② 韩少功:《学步回顾——代跋》,见《月兰》,广州:广东人民出版社1981年版,第265—266页。

而要粉碎压力需要'社会'这个巨人的行动。眼前黑夜沉沉,曙光似乎还在遥远的地平线以下,我想我只能等待。我终于等到了。令人振奋的'四·五'事件,令人舒眉把酒的'十月'胜利,直至党的十一届三中全会,使曾经播发出极左喧嚣的文艺机器发出一片破碎肢解的'嘎嘎'声。无数文学青年和文艺前辈们一样,奔走相告,摩拳擦掌。坚冰已破,希望在望。探索和进击已成刻不容缓。于是,当我背着被包从'学大寨工作队'回来,准备进大学的时候,便下了决心:写'真正的文学'"。[1] 可以说,中短篇小说集《月兰》无疑就是韩少功力图写出"真正的文学"的初次尝试。即便在这时,韩少功已经对自己的创作风格有了清醒的认知。他说:"我还是赞成'文学需要思考'这句比较通俗的话,尽管文章不一定要'明道'、'载道',尽管一些讨厌理论和理性的作家,同样写出过一些令我折服的作品。"[2]显然,韩少功主观上对理论与思想的偏爱,从

① 韩少功:《学步回顾——代跋》,见《月兰》,广州:广东人民出版社1981年版,第 266 页。
② 韩少功:《学步回顾——代跋》,见《月兰》,广州:广东人民出版社1981年版,第 266 页。

这时已经初露端倪。思想与文学,一者重抽象,一者偏于直觉形象,创作者要把两者完美地统一起来并不容易。韩少功说:"思想性往往破坏艺术性,文学形象有时也不足以表达这些思想性,这是我至今没有摆脱的苦恼。在我的'知识结构'和'社交结构'中,哲学和政治始终闪着诱人的光辉。关心理论已成嗜好,抽象剖析已成习惯。没有办法,这种状况制约着创作,当然有时效果自认是好的,有时却自认是很不好的。"[1]在这篇文章里,韩少功还提及自己在创作上所受的影响:"我对上两个世纪的现实主义作品有较深的印象,湖南不少前辈作家的风格也给我很大影响。而那些非现实主义的'现代派'作品,我看得不多,看了也记不太牢。一些中国当代电影和小说中违反生活真实的洋腔洋调,使我疾首蹙眉。这样,我在动笔时往往更多地想到庄重质朴的托尔斯泰和鲁迅,而不是奇诡凄迷的加缪、萨特、卡夫卡。"[2]

---

[1] 韩少功:《学步回顾——代跋》,见《月兰》,广州:广东人民出版社1981年版,第267页。

[2] 韩少功:《学步回顾——代跋》,见《月兰》,广州:广东人民出版社1981年版,第268页。

1982 年　二十九岁

2 月,毕业离校。分配至湖南省总工会,并忙着筹办《主人翁》杂志。当时的工作环境相当简陋。同事骆晓戈回忆道:"记得《主人翁》杂志社刚刚筹办时,征求刊物名启事已见报,每天,墙边、桌上堆着大札大札的信件。那时,我跟少功刚刚从湖南师范学院中文系毕业,分配到湖南省总工会筹办杂志社,他在桌子的那一面忙着,我在这一面忙乎,他桌子上那个烟灰缸常常堆满烟头,风将烟灰洒满这两张窄窄的写字台,这是借用一套宿舍临时办公用的,窗外有阳台,上上下下的阳台张开无数的花。"①

3 月,将短篇小说《风吹唢呐声》改编为电影,后由凌子(叶向真)执导,潇湘电影制片厂拍摄上映。

是年,发表有短篇小说《反光镜里》(《青年文学》1982 年第 2 期)、《那晨风,那柳岸》(《芙蓉》1982 年第 6 期),文论《难在不诱于时利——致〈湘江文学〉编辑部》(《湘江文

---

① 骆晓戈:《韩少功印象》,《芙蓉》1986 年第 5 期。

学》1982年第4期)、《文学创作的"二律背反"》(《上海文学》1982年11月号)等。

《难在不诱于时利——致〈湘江文学〉编辑部》一文表明,已有不小名气的韩少功并未得意忘形,并未为"时利"所"诱"。他鞭策自己,力求高远:"我以为真正不为时利所诱的作者,他应该坚定文学为社会主义服务为人民服务的立场,一心追求思想艺术的进步。……如果广义地讲'时势'讲'功利'的话,他应该趋科学民主发达的大时势,谋精神文明建设的大功利。这样的品质,常常表现为他在复杂的社会舆论中,不为宠幸而喜,不为冷落而愁——甘于寂寞。"①

1983年　三十岁

4月,由于省文化界老前辈刘斐章等人的力荐,韩少功当选湖南省政协常委。

---

① 韩少功:《难在不诱于时利——致〈湘江文学〉编辑部》,《湘江文学》1982年第4期。

是年,发表有中篇小说《远方的树》(《人民文学》1983年第 5 期),文论《学生腔》(《北方文学》1983 年第 1 期,发表时原题为《克服小说语言中的"学生腔"》)、《谈作家的功底》(《文艺研究》1983 年第 1 期)、《从创作论到认识方法》(《上海文学》1983 年 8 月号)等。出版有中短篇小说集《飞过蓝天》(湖南人民出版社)。英文版《风吹唢呐声》(Song Shouquan 译)刊载于《中国文学》1983 年第 1 期。

《文学创作的"二律背反"》一文引起争议,因此再作《从创作论到认识方法》,对钱念孙等人的观点进行辩驳。王蒙也参与了这一场辩论,并与韩少功有多次书信交流。

20 世纪 80 年代初,韩少功的小说转向了对现实庸常的关注。中短篇小说集《飞过蓝天》收录了这一时期的大部分作品,具体篇目有:《同志交响曲》、《飞过蓝天》、《癌》、《反光镜里》、《道上人匆匆》、《人人都有记忆》、《风吹唢呐声》、《近邻》、《谷雨茶》、《晨笛》、《那晨风,那柳岸》、《远方的树》。这些作品不再介入宏大的政治话题,也不再反思革命本身,而是投入到对日常的关注与叙述当中。这种近乎不痛不痒的人情小说显然需要某种突破。1984 年,南帆就适时地指出了这种"成熟"后的停滞。他敏锐地发现，这"一系列小说好像都有些接近"，"对于种种题材的理解程度好像只能在某一个层次上徘徊"，而且，"艺术处理也往往是光滑得使人既抓不住缺陷也感觉不到好处"。①

1984 年 三十一岁

5 月，任《主人翁》杂志社副主编。

12 月，参加《上海文学》等单位主办的"杭州会议"，与阿城、郑万隆、陈建功、李杭育、陈村、李庆西、吴亮、程德培、鲁枢元、季红真、李陀、黄子平、南帆、陈思和、徐俊西、宋耀良等人热烈聚议。

是年，发表有短篇小说《命运的五公分》(《文学月报》1984 年第 7 期)、《前进中 12—376》(《主人翁》1984 年第 7 期)，文论《欢迎爽直而有见地的批评——韩少功给陈达专的信》(《光明日报》1984 年 2 月 23 日)、《文学创作中

① 南帆：《人生的解剖与历史的解剖——韩少功小说漫评》，《上海文学》1984 年 12 月号。

的一般规律和特殊规律》(《求索》1984年第6期)等。

　　尽管"杭州会议"后来被认为是推动全国"85 新潮"和"寻根文学"运动的一次重要会议，但韩少功在回忆文章中认为，所谓"寻根"的话题，所谓研究传统文化的话题，在这次会议中充其量占据了百分之十左右的小小份额，仅仅是一个枝节性的话题："李杭育说了说关于南方文化与北方文化的差别，算是与'寻根'沾得上边。我说了说后来写入《文学的根》一文中的部分内容，也算是与'寻根'沾上了边。被批评家们誉为'寻根文学'主将之一的阿城，在正式发言时则只讲了三个小故事，打了三个哑谜，只能算是回应会上一些推崇现代主义文学的发言。至于后来境外某些汉学家谈'寻根文学'时总要谈到的美国亚历克斯·哈里所著小说《根》，在这次会议上根本没有人谈及，即便被谈及大概也会因为它不够'先锋'和'前卫'而不会受到重视。同样是境外某些汉学家谈'寻根文学'时必谈的加西亚·马尔克斯，也没有成为大家的话题。虽然他获诺贝尔奖的消息已见诸《参考消息》，但他的《百年孤独》还未译成中文，'魔幻现实主义'一词也没有什么人能弄明白。在我的印象中，当时大家兴趣更浓而且也谈得更多的外国作家是海明威、卡夫卡、萨特、尤奈斯库、贝克特等等。"①蔡翔当时是《上海文学》理论编辑，是会议的组织者与参与者。他的回忆与韩少功有出入。在他看来，"杭州会议"对"寻根文学"之产生与兴起有直接的影响。他说："这次会议不约而同的话题之一，即是'文化'。我记得北京作家谈得最兴起的是京城文化乃至北方文化，韩少功则谈楚文化，看得出他对文化和文学的思考由来已久并胸有成竹，李杭育则谈他的吴越文化。……由于当时会议没有完整的会议记录留下，我已无法回忆具体的个人发言内容，但有一点是肯定的，把'文化'引进文学的关心范畴，并拒绝对西方的简单模仿，正是这次会议的主题之一。面对'文化'的关注，则开始把人的存在更加具体化和深刻化，同时更加关注'中国问题'。当然，当时会议并没有明确提出'寻根'的口号。会议结束以后，次年四月，韩少功在《作家》杂志发表《文学的根》一文，方明确有了'寻根'一词。稍后，阿城、郑义等

---

① 韩少功：《杭州会议前后》，见《人在江湖》，北京：人民文学出版社 2008 年版，第 188 页。

人在《文艺报》撰文展开文化讨论，标志着'寻根'文学真正开始兴起。而《上海文学》则连续发表了韩少功《归去来》、郑万隆《老棒子酒馆》等作品，推动着'寻根文学'的进一步发展。"①与会者陈思和则认为，在当时语境下，现代派文学需要寻求一件文化的外衣来包装："总的说来，开了几天的会议好像也没有达成过什么共识。但是有一点是明显的，大家对现代派文学完全是肯定的，对当前小说创作的形式实验有了信心，对于过去不甚注意的民族传统，尤其是民间文化传统，开始有了关注的意愿。但这种关注，绝不是拒绝西方的现代主义影响倒回到传统里去，而是努力用西方现代意识来重新发现与诠释传统。"②显然，距今并不遥远的"杭州会议"在当事人的记忆中已渐趋模糊多义。当年会议"没有达成过什么共识"，意味着在每个与会者那里，都有一个属于自己的"杭州会议"。

陈思和认为，贾平凹、李杭育、阿城等作家在"杭州会

① 蔡翔：《有关"杭州会议"的前后》，《当代作家评论》2000 年第 6 期。
② 陈思和：《杭州会议和寻根文学》，《文艺争鸣》2014 年第 11 期。

议"之前就已经在创作上实践文化寻根。韩少功、王安忆等人的创作则是在杭州会议之后发生转折。① 这其实无意中夸大了一次会议之于作家的影响。其实,1982年以来,韩少功的创作就陷入一种危机当中,这种危机不是因为创造力的枯竭,而是源自对已有创作的不满与反思。《风吹唢呐声》、《飞过蓝天》、《反光镜里》等作品在一个平面滑行,很难超越《月兰》与《西望茅草地》。更重要的是,韩少功已经敏锐地感受到了信息社会的迫近,并开始对曾经的创作方法产生不满。《信息社会与文学前景》一文就是对这一问题的回应:"邮局统计,在报刊发行量暴涨的形势中,一九八三年全国竟有59%的文艺刊物发行量在下跌。这里除了有文学本身的质量问题外,其他多种信息渠道的出现,很难说没有对文学形成压力和挑战。文学作者们眼睁睁地看着一批又一批非文学性报刊应运而生,更有一批又一批载有'密集信息'的文摘报刊为读者所欢迎。他们还眼睁睁地看到,尽管文学作者们使出了浑身解数,但下班后的人们往往更多地坐到电影院

---

① 陈思和:《杭州会议和寻根文学》,《文艺争鸣》2014年第11期。

里,坐到电视机和录音机前去了。影视文学,声象艺术,正在使人们津津然陶陶然。一张广播电视节目报,眼看将成为文学报刊只能望其项背的洋洋大报。"①那么,文学的特长在哪里呢?"重心态甚于重物象,重感悟甚于重宣教,发展中的文学正在趋长避短,弱化自己的某些特性而同时强化自己的某些特性。这当然是大体而言,不能概括所有个别。"②这一理论反思也得到创作实践的呼应。韩少功"寻根"期的作品有了转变,明显更重"心态"与"感悟"。

是年12月写就的《戈壁听沙》早于《文学的"根"》,但表明韩少功已有"寻根"的丝丝迹象。他称戈壁是"孕生中华民族的巨大子宫",在输送一个个种族远去以后,自己"枯缩了,干瘪了"。③ 在随后的《文学的"根"》中,韩少功依旧惦念着这边陲的大漠,呼唤文学"魂兮归来"。

---

① 韩少功:《信息社会与文学前景》,见《面对空阔而神秘的世界》,杭州:浙江文艺出版社1986年版,第68—69页。
② 韩少功:《信息社会与文学前景》,见《面对空阔而神秘的世界》,杭州:浙江文艺出版社1986年版,第76页。
③ 韩少功:《夜行者梦语——韩少功随笔》,北京:知识出版社1994年版,第213—214页。

1985 年　三十二岁

1 月,写作《文学的"根"》。

2 月,调入湖南省作家协会,随后赴武汉大学英文系进修。

5 月,缺席当选为湖南省青年联合会副主席,成为领导干部后备梯队的一员。不过,韩少功对官运仕途之类似乎提不起精神,青联主席团会一次也没有参与过。

11 月,到湖南省湘西自治州团委挂职副书记,体验生活。

是年,发表有《归去来》(《上海文学》1985 年 6 月号)、《蓝盖子》(《上海文学》1985 年 6 月号)、《爸爸爸》(《人民文学》1985 年第 6 期)、《空城》(《文学月报》1985 年第 11 期)、《雷祸》(《文学月报》1985 年第 11 期)等中短篇小说。除《文学的"根"》(《作家》杂志 1985 年第 4 期,获《作家》理论奖),另有文论作品《面对空阔而神秘的世界——致友人书简》(《当代文艺探索》1985 年第 3 期)等。

这一年,韩少功在理论、创作两片领地上纵横驰骋、风姿尽显。

《文学的"根"》是他在理论上的重大创获。韩少功一直在探寻楚文化的源头以及它在今天的诸般痕迹与遗留。但在他下乡的地方，只有个别方言词语中存有一丝楚文化的气息。一次偶然的机会，一个诗人朋友告诉他，"她在湘西那苗、侗、瑶、土家族所分布的重山峻岭里找到了楚文化的流向。那里的人惯于'制芰荷以为衣兮，集芙蓉以为裳'，披蓝戴藏，佩饰纷繁，索茅以占，结苣以信，能歌善舞，唤鬼呼神。只有在那里，你才能更好地体会到楚辞中那种神秘、奇丽、狂放、孤愤的境界。他们崇拜鸟，歌颂鸟，模仿鸟，作为'鸟的传人'，其文化与黄河流域'龙的传人'有明显的差别"。① 后来，韩少功对湘西特别注意，终有更多发现："史料记载：在公元三世纪以前，苗族人民就已劳动生息在洞庭湖附近（即苗歌中传说的'东海'附近，为古之楚地），后来，由于受天灾人祸所逼，才沿王溪而上，向西南迁移（苗族传说中是蚩尤为黄帝所败，蚩尤的子孙撤退到山中）。苗族迁徙史歌《爬山涉水》，就隐

---

① 韩少功：《文学的"根"》，《作家》1985 年第 4 期。

约反映了这段西迁的悲壮历史。看来楚文化流入湘西一说，是不无根据的。"①韩少功考察楚文化的流变自有其深意在，他认为："文学有根，文学之根应深植于民族传统文化的土壤里，根不深，则叶难茂。""近来，一个值得欣喜的现象是：青年作者们开始投出眼光，重新审视脚下的国土，回顾民族的昨天，有了新的文学觉悟。贾平凹的'商州'系列小说，带上了浓郁的秦汉文化色彩，体现了他对商州细心的地理、历史及民性的考察，自成格局，拓展新境。李杭育的'葛川江'系列小说，则颇得吴越文化的气韵。……他（著者按：指李杭育）曾经对我说，他正在研究南方的幽默，南方的孤独，等等。这都是极有意味的新题目。与此同时，远居大草原的乌热尔图，也用他的作品连接了鄂温克族文化源流的过去和未来，以不同凡响的篝火、马嘶和暴风雪，与关内的文学探索遥相呼应。……他们都在寻'根'，都开始找到了'根'。这大概不是出于一种廉价的恋旧情绪和地方观念，不是对歇后语之类浅薄地爱好，而是一种对民族的重新认识，一种审

---

① 韩少功：《文学的"根"》，《作家》1985 年第 4 期。

美意识中潜在历史因素的苏醒,一种追求和把握人世无限感和永恒感的对象化表现。"[①]文章说,寻"根""丝毫不意味着闭关自锁,相反,只有找到异己的参照系,吸收和消化异己的因素,才能认清和充实自己。但有一点似应指出:我们读外国文学,多是读翻译作品,而被译的多是外国的经典作品、流行作品或获奖作品,即已入规范的东西。……从人家的规范中来寻找自己的规范,是局限十分浅薄的层次里。如果模仿翻译作品来建立一个中国的'外国文学流派',就更加前景暗淡了"。[②] 最后,文章说:"这里正在出现轰轰烈烈的经济体制改革和经济的、文化的建设,在向西方'拿来'一切我们可用的科学和技术等等,正在走向现代化的生活方式。但阴阳相生,得失相成,新旧相因,万端变化中,中国还是中国,尤其是在文学艺术方面,在民族的深厚精神和文化物质方面,我们有民族的自我,我们的责任是释放现代观念的热能,来重铸和镀亮这种自我。"[③]

---

① 韩少功:《文学的"根"》,《作家》1985 年第 4 期。
② 韩少功:《文学的"根"》,《作家》1985 年第 4 期。
③ 韩少功:《文学的"根"》,《作家》1985 年第 4 期。

骆晓戈的一段回忆文字则可视为韩少功有关"民族"与"现代"反思的形象注解:"而他(著者按:指韩少功)小感觉也好,一曲谭盾的《负·复·缚》,他有些失态了,上班时间,一个人堂堂皇皇坐在办公室放录音,把门紧紧反扣上,外面来访者穿梭一般,他却把自己关在音乐中,像一头沉睡的狮子,微微有些醉意醺醺的了,有人在窗外张望,他仍勾着头,沉重的庙乐,敲木鱼的响声,凄远的唢呐声,仿佛一声声咒语,正在唤醒他大脑沟纹底层的沉睡了几千年的集体无意识。'这完全是民族的也是现代的意识。'他说。他从音乐中悟到什么了,后来便有了《爸爸爸》、《女女女》以及什么什么的。"[1]骆晓戈所言不虚。韩少功在对话中就说:"很自然,大家也都会谈到,文学中政治的人怎样变成文化的人。当时其他领域也出现了对文化传统的关注,比如诗歌,比如音乐。湖南作曲家谭盾的音乐,技巧是现代的,表现的气氛、精神又是很东方的,有种命运的神秘感、历史的沧桑感。"[2]

---

① 骆晓戈:《韩少功印象》,《芙蓉》1986 年第 5 期。

② 韩少功、施叔青:《鸟的传人》,见《在小说的后台》,济南:山东文艺出版社 2001 年版,第 121—122 页。

下乡和挂职都激发了韩少功的"寻根"冲动。他说："我曾在汨罗江边插队,发现当地人有些风俗,特别是方言,还能与楚辞挂上钩的,比如当地人把'站立'或'栖立'说为'集',这与离骚中的'欲远集而无所止'极吻合。我想很多知青作家都积累了这一类的文化素材,这与他们的下乡经历有关系。"①在韩少功那里,"寻根"更深层的原因来自中西文化的碰撞,这远超评论界所谓的拉美魔幻主义的单向影响。在他看来,"寻根"不是对拉美魔幻主义的简单模仿:"所谓寻根文学出现之前,马尔克斯已经得奖,但还未译成中文,仅有《参考消息》上一则介绍《百年孤独》的文字,还有他和西德记者谈文学观念的文章。在拉美文学之前,我就想过东方的川端康成、泰戈尔,美国的黑色幽默,体会到它有一定的文化根基。当时中国青年面临一个向西方文学吸收的问题,大部分是简单的复制,就引进新观念、技巧来说,自有它的意义:可以做为一种补课。但复制与引进是创造的条件,却不能

---

① 韩少功、施叔青:《鸟的传人》,见《在小说的后台》,济南:山东文艺出版社 2001 年版,第 121 页。

71

代替创造。"①

　　《文学的"根"》随后引发"文化寻根"的大讨论。韩少功没有停留于理论层面的能指繁殖,很快以创作的实绩呼应自己的倡导,集束抛出一批震荡文坛、风格独异的作品。这个时段创作的诸多作品中,影响最大的当属《爸爸爸》,它已经成为当代文学经典。作品主人公丙崽是个主体性缺失的残障人物。他是山寨的产物,也是它的旁观者。在山寨的革命性变迁中,不死的丙崽留给所有读者无尽的思考。韩少功以高超的技法,让一个主体性缺失的人物成为文本的隐性线索。丙崽的行动与语言能力几近缺失,但他又分明充溢在纸上王国的所有时空中。对于丙崽,作者有意采取含糊策略。而对仁宝、仲裁缝,则有更主动的观念介入。仁宝以"新派"自居;其父仲裁缝则是敬奉诸葛孔明若犹太摩西的老古董。但两人的表现都令人失望:仁宝浮浪淫邪,集恶俗陋习于一身,且仅知现代皮毛;仲裁缝聆听到先祖的召唤,意欲奋起以拯救山

_____

① 韩少功、施叔青:《鸟的传人》,见《在小说的后台》,济南:山东文艺出版社 2001 年版,第 122 页。

72

寨,但观念陈腐,四体不勤,并无变革的力量。整个山寨陷入绝望之中。在这种情势下,叙述者没有让鸡头寨"进化"到理所当然的"现代",也没有许诺一个传统救世的桃花源。在老弱病残"殉道"之后,青壮年唱"简"走入了深山老林:前景如何,无人知晓。

这个作品具有很强的寓言特征,时空都处于模糊状态。但其创作素材又与现实有密切的关系,韩少功说:"《爸爸爸》的情况最开始是一些局部素材使自己产生冲动,比如那个只会说两句话的丙崽,是我下乡时邻居的小孩。'文革'时,湖南道县的农民大开杀戒,杀了几万人,我把这一段也用到小说里,比如把人肉和猪肉混在一起,每个人都要吃。丙崽、道县杀人、古歌,使我产生了创作的欲念。构思之后,理性参与进来了,我特意把时代色彩完全抹去,成为一个任何时代都可能发生的故事,如'干部'写成'官'等。小说里的裁缝和儿子,一个是保守派,一个是改革派。"① 在另一篇对话中,韩少功又说:"《爸爸

---

① 韩少功、施叔青:《鸟的传人》,见《在小说的后台》,济南:山东文艺出版社 2001 年版,第 126 页。

爸》的着眼点是社会历史，是透视巫楚文化背景下一个种族的衰落，理性和非理性都成了荒诞，新党和旧党都无力救世。"[1]

老作家严文井是最先深入评价《爸爸爸》的人。他说："我相信凡是耐咀嚼的东西都要经过很多人长期的咀嚼才能品出味来。你这三篇作品，特别是《爸爸爸》还经得起下几代人的咀嚼。我这样说，好像在算命，有些可笑。其实我是乐观的，悲观里的乐观。你有些令人害怕，因为你'发现'了那个早已存在但很少人谈到的刑天氏的后代。更叫人震惊的是你发现了丙崽。你描画的这个白痴现在一直在威吓我，令我不断反省我是不是一个上了年纪的丙崽。这个毒不死的废物，一直用两句简单的语言（态度）在处世混世，被人嘲弄，而他们存在却又嘲弄了整个鸡头寨以至鸡尾寨。我仿佛嗅到了那股发臭的空气。悲哉！"[2]

① 韩少功、夏云：《答美洲〈华侨日报〉记者问（代创作谈）》，《钟山》1987年第5期。
② 严文井：《我是不是个上了年纪的丙崽？——致韩少功》，《文艺报》1985年8月24日。

严文井已经敏锐感受到丙崽形象的普适性。李庆西、刘再复则作了进一步的细读与发挥，相关论文成为《爸爸爸》阐释史中的经典文本。

李庆西将丙崽看做是对人类整体命运的象征："在眼下这部作品中，作家感情的焦距作了大幅度调整。这一次他不再以传统的典型化手法从个人命运中引申出现实悲剧，而是通过象征直接上升到对整个人类命运的观照。确实，人的价值已在丙崽身上宣告毁灭，个人的一切不再引起我们的沉思。这样就产生了另一种效果：一种恶作剧式的审美表述引起我们对人（作为类的概念）本身的痛惜，丙崽这块'疥疮'（作为人类的疽痛）使我们深感不安。……我们确乎想到，人类几乎在一个时代都经历过那种被扭曲的、不尴不尬的状态。在人类漫长的历史中，并不一直贯穿着合乎理性与人道的发展精神，鸡公岭下的'打冤'，村民之间的冷漠与敌视，只不过是人类社会的一个缩影罢了。人类的自我观照的能力，有时也竟退化到丙崽的地步——在一个封闭、凝固的历史社会中，人的智能是不可能正常发展的。……我不知道是否可以这样说：丙崽的象征意义实在是人类命运的某种畸型状态，一个怵目惊心的悲惨境遇。"①在此基础上，李庆西又有独特的解读。黄子平等人曾说 20 世纪中国文学作品无古典之"崇高"，因为基本的美感特征是"悲凉"而非"悲壮"。李庆西认为他们未必读过《爸爸爸》。这个作品是个重要的例外："诚然是一些愚昧的山民，做出一些悖谬的事情，而其中精神的东西却未能如此轻易否定。精神自有精神的价值。祭神，打冤，殉古……山里人做事，不管三七二十一，充满义无反顾的好汉气概。……命运的残酷并没有使鸡头寨的人们丧失生的信念。在最后一章里，经历过战争与灾害的人们，决意'过山'，迁徙他乡，去寻找新的世界。他们唱着先人传下的古歌，赶着牛帮越岭而去。这是何等庄严的时刻！"②

　　李庆西对鸡头寨人们的肯定迥异于当时其他批评家的评论，这对后来的海外《爸爸爸》研究产生了重大影响。

　　刘再复认为《爸爸爸》延续了鲁迅的国民性批判主题，是"寻根"与启蒙的一次成功"联姻"。他的评论在学

---

① 李庆西：《说〈爸爸爸〉》，《读书》1986 年第 3 期。
② 李庆西：《说〈爸爸爸〉》，《读书》1986 年第 3 期。

界影响甚大,后来大量的当代文学史教材基本遵循这一阐释路径。刘再复断定,虽然"丙崽"的名气还远不如"阿Q",但丙崽的名气会愈来愈大。人们也将认识到,韩少功发现了丙崽,是一个很重要的艺术发现。他随后分析道,丙崽"这个畸形儿,最大的特点是他只会说一正一反的两句话,即'爸爸爸'和'×妈妈',他用这两句话囊括一切,表明一切,对付一切,可谓一句顶一万句。……换句话说,他人生的全部符号就是在'爸爸爸—×妈妈'这一正一负、一阳一阴上。在丙崽的大脑袋里,世界就是对立的两大块,人群就是对立的两大营垒。凡是他凭着知觉认定这是正的,是好的,他就加以膜拜,尊之为'爸爸爸';凡是他认定是负的,是坏的,他就加以排斥,斥之为'×妈妈'。这可以说是泾渭分明,爱憎分明,甚至可以说是旗帜鲜明,立场鲜明。然而,他的这种思维方式却是极其简单,极其丑陋的。他的思维系在一种非常简陋、非常粗鄙的两极之间。这两极决不能相互沟通,相互渗透,相互组合。两极之间,没有任何中间值,绝对对立,各自自我封闭,'老死不相往来'。我们可以把这种思维方式概括为非此即彼的'二值判断'。而不管是正值还是负值都贫乏到极点。总之,丙崽的思维方式,乃是一种畸形的、病态的思维方式"。① 而且,这种畸形的、病态的思维方式,并不只属于鸡头寨的这个长不大的小老头,它也属于鸡头寨的村民们。"丙崽正是一种符号,既是历史的,又是现实的,既是民族的,又是个人的一个荒谬却又真实的象征符号,这种非此即彼的'二值判断'的思维方式是普遍性的文化现象,它蕴含着一种深刻的悲剧性。"②刘再复进而说:"奇妙的是,读了《爸爸爸》,老是要想到自己,老是要想到自己的过去。我觉得韩少功帮助我们发现了人生,发现了自己。我发现自己曾经是丙崽。我想,许多正直的读者也都会发现自己曾经是丙崽。我们不仅曾有丙崽式的某些影子,甚至可以说,从思维方式的角度上说,我们的人生,曾经是丙崽式的简单的、粗鄙的人生。""丙崽的思维病态,不能说只是生理病态,它根本上是一种文化病态,一种文化上的原始愚昧状态。这种状态是带有普遍性的状态(丙崽形象的深刻意义与此相关),而且完

---

① 刘再复:《论丙崽》,《光明日报》1988 年 11 月 4 日。
② 刘再复:《论丙崽》,《光明日报》1988 年 11 月 4 日。

全是我国传统文化所造成的状态。"①

　　吴亮在评价《爸爸爸》时,选择了一个很独特的视角。他认为,丙崽是韩少功持续性关注不正常者的必然产物。他认为:"若没有韩少功先前对这类人物的特殊关注,丙崽的完成是不可设想的。现在,我们可以明了,韩少功对精神变异者、神经失常者和白痴的铭记,很可能出于经验视域的巧合,但更大程度则是出于他理性过甚的癖好与好奇。普通理性支配下的注意力往往自然地投向那些同样是拥有普通理性的人们,这样他们之间才会获得认同与沟通,可是,惟有那些理性过甚者,才想到(也许是无意地)返身去审视非理性的异常人,而这样做的后果,就是不断从中捕取超越普通理性的深在意义,这些意义只能显现和领悟,却不能用普通语汇说出,因此这些意义的神秘性又总是一般知识所不能抵达的。"②

　　一些海外学者对《爸爸爸》的研究多有新的发现,值得关注。

---

① 刘再复:《论丙崽》,《光明日报》1988 年 11 月 4 日。

② 吴亮:《韩少功的感性视域》,见《鞋癖》,韩少功著,武汉:长江文艺出版社 2001 年版,第 293 页。

日本学者高岛俊男较早关注《爸爸爸》。他赞同李庆西的看法，认为《爸爸爸》中有一种"崇高"的美学风格。这种"崇高"不是"为革命而献身的崇高的人格"中的"崇高"，且在之前的 20 世纪中国文学中尚未出现。这个"崇高"，是对来源于艺术的，纯粹的，肃然的"美"的姿态的称谓。他还举了许多与"崇高"风格有关的具体例子。[①] 高岛的研究对后来日本汉学界的《爸爸爸》接受有深远影响。美国学者 Rong Cai 认为，丙崽是中国文化缺陷的象征，韩少功创造这样的一个存在不利于主体建设的未来任务。也就是说，以重建主体为志业的寻根文学，反倒揭露出产生主体之母胎的诸多缺陷。丙崽的身体与精神层面的残障，表征了主体的匮缺与不在场。在"preverbal stage"（前语言）阶段被阻滞的丙崽，是一个背负着中国传统一切否定价值的集团主体的象征。很显然，这样的寻根等于是对中国历史与未来根深蒂固的不安。[②] 日本学者盐

① 高岛俊男：《丰饶的"唯美"世界——〈五个女子和一根绳子〉和〈爸爸爸〉》，《季刊中国》第 6 号，1986 年 9 月。
② Rong Cai, "The Spoken Subject: Han Shaogong's Cripples", *The Subject in Crisis in Contemporary Chinese Literature*, Honolulu: University of Hawai'i Press, 2004, p. 61.

旗伸一郎认为,刘再复强调的只是《爸爸爸》的一面。尽管其意义重大,但还有很多值得一提的方面他没有谈及,难免有偏颇之嫌。原因可能在于他渴望救国的危机意识。急于探索阻拦中国人从骨子里变化的原因,自然看重和期待"寻根文学"剖出自己民族的病根。但刘再复似乎不太重视下述这点:《文学的"根"》的独特之处,就在于期待中国文化从各民族"血淋淋的历史"(包括战败、流亡等)中以及在跟外界文化的交汇中涅槃再生。韩少功意图表明,面临萎缩和毁灭的危机并不需要悲观。在《爸爸爸》里,作者在对古怪愚昧的文化劣根加以批判的同时,对丙崽、他娘及其他非英雄人物偶尔闪出的人性,对村人们包括牛马羊狗从容接受命运的场景,对山谷那边轻轻飘来的远行队伍的幸福歌唱以及女人们长期捣衣所致、将来会藏着秘密的几块平整光滑的石头,一一写得充满同情和爱惜。盐旗伸一郎还有一个颇有价值的发现。据他考察,2008年出版的《中国当代作家·韩少功系列》跟既往的所有版本差异很大。总的来讲,新版本写得更成熟、动人,更有安慰和人情味。相比之下,旧版本显得生硬，有点概念化的感觉。① 日本学者加藤三由纪认为："新版本《爸爸爸》包含着 21 世纪的眼光"，"作为一个读者我对鸡头寨山民的'想象力'（一般叫做'迷信'）感到惊讶，对丙崽也感到钦佩"。② 韩国学者白池云在分析《爸爸爸》时认为，丙崽一方面是堕落的语言所生下的孽障，一方面是太古的启示性语言的痕迹。与其说丙崽因为没有获得语言能力就无法成为主体，不如说丙崽拒绝了现有的语言秩序。丙崽的奇怪语言，或许是超越现有语言秩序的、保存元语言状态的化石。对语言的怀疑是韩少功持续探索的话题。小说中，鸡头寨的人不相信史官，更相信德龙，而德龙恰是前语言的模糊的象征。韩少功面

---

① 盐旗伸一郎：《寻不完的根——今看韩少功的一九八五》。本文系盐旗伸一郎在"中国当代文学六十年"国际学术研讨会上提交的参会论文。该会由首都师范大学文学院、中国当代文学研究会和《文艺争鸣》杂志社共同举办，于 2009 年 9 月 19 日在北京举行。

② 加藤三由纪：《论〈爸爸爸〉——赠送给外界的礼物："爸爸"》。本文初稿为 2012 年 7 月在中国人民大学文艺思潮研究所和哈佛大学东亚系联合召开的"小说的读法"国际学术研讨会上提交的报告。二稿为在"中国当代文学与陕西文学创作"中日学术研讨会（西北大学文学院、日本中国当代文学研究会主办，2012 年 9 月在西北大学召开）上提交的论文。

临语言变成灾殃的时代,因此着力于摸索退化之前的原始语言。①

1986 年　三十三岁

8 月,韩少功应邀参加美国新闻署"国际访问者计划",这是他第一次出访国外。

美国的现代化程度给韩少功很大的刺激:程控电话、286 电脑、飞机、汽车、高楼大厦、环境卫生状况,把人震晕了!从飞机上往下看,美国几乎是一张五彩照片,中国则是一张黑白照片。不过,韩少功依旧有着一种文化上的强烈自尊,这都体现在了是年发表的纪实性散文《美国佬彼尔》与《重逢》中。在美国期间,一个台湾留学生听说韩少功曾经是红卫兵时,立时面露恐慌与疑惧。红卫兵已经成为"左翼极端分子"的代名词。不过,在旧金山一影院门口,他们遭遇了一个在寒风中瑟瑟发抖的女孩,

---

① 白池云:《寻找语言之外的语言——重读〈爸爸爸〉》,见《对一个人的阅读——韩少功与他的时代》,孔见主编,南京:江苏文艺出版社 2013 年版,第 147—158 页。

她正向人们散发着纪念"文革"二十周年的传单。女孩不理解"文革"时中国的实际情形，但依旧对它满怀憧憬。传单上的"文革"式话语，在当时的大多数人看来，都有着滑稽的味道。但韩少功笑不起来，因为"任何深夜寒风中哆嗦着的理想，都是不应该嘲笑的——即便它们太值得嘲笑"。①

是年，发表有中篇小说《女女女》（《上海文学》1986年5月号）、《暂行条例》（《芙蓉》1986年第5期，发表时题为《火宅》），短篇小说《诱惑（之一）》（《文学月报》1986年第1期）、《史遗三录》（包括《猎户》、《秘书》、《棋霸》三个短篇，《青年文学》1986年第4期）、《申诉状》（《新创作》1986年5—6月号）、《老梦》（《天津文学》1986年第5期），文论《东方的寻找和重造》（《文学月报》1986年第6期，发表时题为《寻找东方文化的思维和审美优势》）、《好作品主义》（《小说选刊》1986年第9期），对话《文学和人格——访作家韩少功》（《上海文学》1986

---

① 韩少功：《仍有人仰望星空》，见《人在江湖》，北京：人民文学出版社2008年版，第4页。

年 11 月号）。出版有中短篇小说集《诱惑》（湖南文艺出版社）、随笔集《面对神秘而空阔的世界》（浙江文艺出版社）。

中篇小说《女女女》与《爸爸爸》一道成为"寻根文学"的扛鼎之作。它与《爸爸爸》在叙事上有某种近似，都以非正常人为书写对象，但两者也有明显不同。《爸爸爸》落脚于一个封闭的山寨，人物繁多，面相不一，颇有诙谐怪诞之气。而《女女女》中，角色不多，叙述者的心理流变漫延始终，文本风格抑郁阴沉。人物幺姑病后变了一个人，在吃上挑三拣四，不再体恤晚辈，一有不满甚至有意将屎屙在床上。她不仅耗光了"我"的耐心，也让结拜姐妹珍嫂濒临崩溃。后来她外形逐渐退变，开始像猴，后来像鱼，有点"返祖"意味。幺姑的养女老黑则一直纵欲无度，放浪形骸。她不孝顺养母幺姑，也不愿意承担任何社会责任。随着年岁的增长，她在外形上也逐渐有了类似幺姑的退变。

韩少功曾谈到过自己对幺姑的理解："幺姑是一位东方礼教训练之下驯良而克己的妇女，与我们十分敬重的其他很多善良人不同，造物主给了她一个中风致瘫的机会,使我们得以窥视她内心隐藏的仇恨,并以她测试了周围更多善良人所谓同情心的脆弱。她似乎是长在人类脸上的一个痂疮,使体面的我们不免有些束手无策和尴尬。她的死亡也是一句长缓得使人难耐的符咒,揭发着人性境况的黑暗,呼唤着神在黑暗里仍然赐给万物以从容而友好的笑容。"[1]韩少功说,《女女女》的着眼点"是个人行为,是善与恶互为表里,是禁锢与自由的双变质,对人类生存的威胁。我希望读者和我一起来自省和自新,建立审美化的人生信仰"。[2]

《女女女》中流露出浓烈的禅宗气息。《看透与宽容》就提及一评论家从这一角度与韩少功探讨这部作品。韩少功也因此谈到个人对禅宗的看法:"比较起来,禅宗的中国味道和现世主义色彩,使它显得可亲近一些。作为一种知识观和人生观,它包含着东方民族智慧和人格的丰富遗存,至今使我们惊羡。法无法,念无念——你不觉

① 韩少功:《比喻的传统》(《女女女》法文版自序),见《佛魔一念间》,太原:北岳文艺出版社1996年版,第192—193页。
② 韩少功、夏云:《答美洲〈华侨日报〉记者问(代创作谈)》,《钟山》1987年第5期。

得这里面闪耀着辩证思想的深刻内核和基质吗？但作为教派，禅宗也有'南能北秀'一类为争正统而互相攻讦的历史，显得并不那么超脱那么虚净；也有妄自尊大故弄玄虚繁文缛节大打出手，使那种清风明月似的禅境同样叠映上诸多污迹。也许，真正的宗教只是一种精神和心智，一种透明，一种韵律，一种公因数，它的任何外化和物化，它对任何派的附着，都只能使它被侵蚀被异变。于是我不愿意接受任何现实的宗教活动。"①

《东方的寻找和重造》延续了《文学的"根"》中的一些思考。韩少功说："所谓寻根，就是力图寻找一种东方文化的思维和审美优势。当代中国作家中，中年层受苏俄文学影响较重，像张贤亮，明确提出苏俄文学是最好的文学。蒋子龙的作品中，可以看出柯切托夫等作家的影响，虽然他们另有独特的发现和发展。至于青年一层，读书时正是中苏关系交恶，西方世界的经济和技术强劲发展，所以受欧美现代文学影响较大。现在二十几

① 韩少功：《看透与宽容》，见《熟悉的陌生人》，上海：上海文艺出版社2012年版，第116页。

岁的,都写得几首朦胧诗,甚至能够以假乱真。对屠格涅夫、契诃夫什么,反而较为陌生和疏远。这两种影响都是好的,意义重大的,可以说,没有这些影响,就不会有中国文学的今天和明天。但向外国开放吸收以后,只有模仿和横移,是无法与世界对话的。复制品总比原件要逊色。吃牛肉和猪肉,不是为了变成牛和猪,还是要成为人。"韩少功认为:"要对东方文化进行重造,在重造中寻找优势。这种优势,现在想说清楚还为时过早。但可以描述出几个模糊的坐标。比方说,思维方式的直觉方法。东方的思维传统是综合,是整体把握,是直接面对客体的感觉经验,庄子的文章就是对世界直觉的也可以说是形象的把握。这不同于西方式的条理分割和逻辑抽象。……还有思维的相对方法,以前叫做东方朴素的辩证法。所谓因是因非,有无齐观,物我一体,这些在庄禅学说中特别明显。……至于审美方面,朱光潜、李泽厚都说过很多,认为东方偏重于主观情致说。说楚文化的特点是浪漫主义,其实就承认它是主观表现型的。……中国的现代小说,基本上是从西方舶来,很长一段与中国这个审美传统还有'隔',重情节,轻意绪;重物象,轻心态;重客观题材多样化,轻主观风格多样化。"①

《文学和人格——访作家韩少功》是一篇比较重要的对话。韩少功对中国文学走向世界比较悲观,原因有二。其一,"总的来说,我们对于现代派的讨论,对于寻根的讨论和关于现代派与寻根的创作实践,都有一种早产现象,或说是早熟。这早产早熟便带来一种根基不扎实、先天不足那样的虚弱。中国开放的门突然一打开,就呈现出很饥渴的状态。对国外的东西表现出充分的饥渴和吸收,睁大着双眼来看世界,并且,马上就从外国现代派作品中横移过来一些手法、观念,并不是自己血肉的东西,弄了一阵就显得一些作品跟不上,后力不济。寻根也是这样。突然一下子大家都来谈传统文化,对中国文化的认识啊,对传统的分析啊,历史文化的积淀啊,名词很多,铺天盖地。但是对中国传统文化到底有多少研究,不管是学术上的理性的研究,还是感性的认识,都不足。但是

---

① 韩少功:《东方的寻找和重造》,见《在后台的后台》,北京:人民文学出版社 2008 年版,第 280 页。

口号却已经提到前面去了。这就形成了早产"。① 其二是作家人格方面的问题。韩少功认为，"一种伟大的艺术必定是一种伟大的人格的表现"，而"所谓人格就是作家独到的精神世界。现在文坛有些现象很令人担忧。比如李陀曾提到过作家贵族化。现在有相当一部分作家很会'当作家'，住房间一定要套间，出门一定要软卧……"，"一个民族的质量很大程度上取决于这个民族的知识分子的质量。我们这个民族一直挨打，一直落后，原因之一是我们这个民族的质量有毛病，中国知识分子质量上有毛病。这有很深的历史根源。中国知识分子以前有几种出路。一种是当小丑，御用文人。还有一种是当隐士，完全回避矛盾，独善其身。其中有的是沽名钓誉，也有一部分是真正的隐士，人格上还比较高尚，但对社会的改造和推进不起很大作用。再有一种是当年鲁迅先生所说的二丑。二丑的形象就是当着老百姓面偷偷地说一下当官的坏话，当着当官的面又偷偷说一下老百姓的坏话，就是跳

---

① 韩少功、林伟平：《文学和人格——访作家韩少功》，《上海文学》1986年 11 月号。

来跳去的人物。中国知识分子里也有这种人"。①

相比而言,韩少功对中国文明充满乐观精神。他先以汤因比为例。在汤因比看来,"东方大陆文明是一种非常有魅力的,非常有潜在能量的文明,这个文明沉睡了,但当它一旦苏醒过来,在外来文明挑战之下,促使它站起来应战的时候,这种文明就可能放射出光辉来照耀世界,而且可能照耀世界的下一个世纪"。另外,"科学界曾有两大流派,一派是爱因斯坦,还有一派是哥本哈根学派,如海森堡、玻尔等。他们两派自己有矛盾,但有个共同的地方,就是对东方的哲学思想表示一种令我们也难以理解的惊叹,尤其是对庄禅的哲学思想,庄禅的宇宙观。庄禅的哲学思想包含了相对主义观点,包含了直觉的思想方法,还有整体地把握世界的方法,相对的方法,等等,他们感觉到,这与他们科学研究成果在一定程度上有一种令人惊讶的契合"。②

---

① 韩少功、林伟平:《文学和人格——访作家韩少功》,《上海文学》1986年11月号。
② 韩少功、林伟平:《文学和人格——访作家韩少功》,《上海文学》1986年11月号。

1987 年　三十四岁

6月,韩少功到湖南省怀化地区,以林业局副局长的身份挂职体验生活。

是年,发表有短篇小说《棋霸》(《新创作》1987 年 2—3 月号再刊)、《猎户》(《新创作》1987 年 2—3 月号再刊)、《故人》(《钟山》1987 年第 5 期)、《人迹》(《钟山》1987 年第 5 期),散文《美国佬彼尔》(《湖南文学》1987 年 9 月号再刊)、《文学散步(三篇)》(《天津文学》1987 年第 11 期)、《男性与无性的文学之后》(此文为蒋子丹小说集《昨天已经古老》序言,作家出版社 1987 年版),对话《答美洲〈华侨日报〉记者问(代创作谈)》(《钟山》1987 年第 5 期)等。出版有与韩刚合译的短篇小说集《命运五部曲》(上海文化出版社)、与韩刚合译的《生命中不能承受之轻》(作家出版社,内部出版,有删节)。

韩少功是当代为数不多兼事译介的作家。他曾谈到翻译《生命中不能承受之轻》的一些细节:"翻译只是我读书的副产品。这个作品是 1986 年我第一次出国访问的时候，一个美国作家送给我的。后来我向几个出版社推荐过这本书，可能当时昆德拉的名气不够大，一般的翻译者不大知道他的名字，出版社说没人愿意接手。这样，我只好自己动手，请我的一位姐姐帮忙，她是在大学里面教英文的。这本书在当时的捷克还是禁书，出版社拿到我们的译稿以后，专门请示了外交部有关部门。对方说不宜出版，担心会影响外交关系。后来出版社变通一下，作为'内部出版物'处理，又让我们把书中一些敏感的词语或段落作了些删除。比如'共产党'常常改写成'当局'，文字上不那么刺眼。"①

　　韩少功在创作高峰期腾出手来译介《生命中不能承受之轻》，显然有深层原因。鲁迅、周作人早就介绍过东欧文学，但当代翻译界却几乎忽视了东欧文学的存在。东欧同中国一样，也经历了社会主义发展的曲折道路，面临着对今后历史走向的严峻选择。韩少功认为，同样正处在文化震荡和改革热潮中的中国作者和读者，没有理

---

① 韩少功、王尧：《文体开放的远望与近观——韩少功、王尧对话录（之三）》，《当代》2004 年第 2 期。

由忽视东欧文学。作为东欧文学杰出代表的昆德拉，在其享誉世界的名著《生命中不能承受之轻》中，表达了与当代中国人看待那段历史完全不同的视角。中国作家们刚刚写过不少政治化的"伤痕文学"，但哲学的贫困与审美的粗劣相当醒目。对昆德拉来说，"伤痕"并不是特别重要，苏联入侵事件也只是个虚淡的背景。在背景中凸现出来的是人，是对人性中一切隐秘的无情剖析和审断。昆德拉从政治走向了哲学，由捷克走向了人类，由现时走向了永恒。在技巧上，昆德拉并不像不少中国作家那样注重实写白描，而是在小说中渗入散文笔法。举重若轻，避繁就简，信手拈来一些寻常小事，轻巧勾画出东西方社会的形形色色，折射了从捷克事件到柬埔寨战争的宽广历史背景。[①]《生命中不能承受之轻》甫一出版，国内就掀起一股阅读与研究米兰·昆德拉的热潮。昆德拉之所以大受欢迎，根本在于其上乘的文学品质，但韩少功的出色翻译当为最关键的外因。

---

① 韩少功：《米兰·昆德拉之轻》，见《佛魔一念间》，太原：北岳文艺出版社 1996 年版，第 204—210 页。

《生命中不能承受之轻》一书的前言（后经修改以《米兰·昆德拉之轻》为篇名收入各种文集）与《仍有人仰望星空》表明，韩少功力避"千部一腔"的懒惰（如"伤痕"、"反思"之类抱团式思维惯性），孤身折返"政治"的"重林"，去探索开拓一条曲曲折折的我思之路。而在对话《答美洲〈华侨日报〉记者问（代创作谈）》中，韩少功明显意识到一个新的文学阶段已经开始："国内所谓伤痕文学的时期已远远过去了。比题材，比胆量，比观念，比技巧的热闹也已经过去或将要过去了，冲锋陷阵和花拳绣腿已不足以为文坛输血了。国内这十年，匆匆补了人家几个世纪的课，现在正面临着一个疲劳期和成熟期。照我估计，大部分作者将滞留徘徊，有更多的作者会转向通俗文学和纪实文学，有少数作者可能建起自己的哲学世界和艺术世界，成为审美文学的大手笔。"①

---

① 韩少功、夏云：《答美洲〈华侨日报〉记者问（代创作谈）》，《钟山》1987年第5期。

1988 年　三十五岁

2 月 19 日,也就是农历大年初三,韩少功挈妇将雏,口袋里揣上了工作关系南迁海南。

其实,一年前,韩少功就参加过《钟山》杂志在海南组织的一次笔会。这个孤悬海外的岛屿,在那时已成为经济体制改革的试验田。它的躁动、偏远、神秘的未知性,都在召唤韩少功的到来:"海南……孤悬海外,天远地偏,对于中国文化热闹而喧嚣的大陆中原来说,它从来就像一个后排观众,一颗似乎将要脱离引力堕入太空的流星,隐在远远的暗处。而这一点,正是我一九八八年渡海南行时心中的喜悦——尽管那时的海南街市破败,缺水缺电,空荡荡的道路上连一个像样的交通标志灯也找不到,但它仍然在水天深处诱惑着我。我喜欢绿色和独处,向往一个精神意义上的岛。"①

何立伟在一篇忆旧文章中谈到那次笔会,也谈到韩

① 韩少功:《海念》"后记",海口:海南出版社 1995 年版,第 315 页。

少功的南迁："还有一次是去海南,时在1987年,海南尚未建省,《钟山》组织了一个笔会,去的人是最有意思的一群人,李陀、戴晴、陈建功、高行健……时在《钟山》做编辑的苏童和范小天也是整日一起厮混得热闹。最有趣的是苏童他们把一尊活佛样坐在轮椅上的史铁生竟也弄来了。坐潜艇,乘登陆艇,游泳,吃椰子同西瓜,在海边星空下聊天——话题比天上的星还多还散还璀璨。聊到半夜了意兴阑珊,回到海军招待所——我同少功住一间房,又接着聊。少功是一个私人话题不多的人,他好像一枚坚硬的核桃,任何人都不容易深入到他的个人内心世界里去。但那一回他跟我说,他喜欢海南。假如生活在这里,他愿意。少功不是一个乱弹琴的人,两年以后(著者按:"两年"之说,查为一年,此处何立伟记忆有误),海南刚一建省,他就举家南迁,来到这当年苏东坡的流放之地。"①

蒋子丹是与韩少功一起南下的文坛"湘军"中的一员干将。她后来与韩少功共事多年。她曾忆起韩少功初到海南的一些生活细节:"韩少功于1988年春节迁居海南,最初住在几家共同租用的一排旧兵营里,饭食用柴禾烹

① 何立伟:《忽然想起韩少功》,《上海文学》2000年12月号。

制而成。旧营房没有天花板，亚热带的阳光和雨露从青瓦的缝隙里漏进来，一些老鼠在屋梁上跑，扫下成分不明的灰屑。那年正是10万人才下海南的涨潮期，韩少功在这个没有天花板的集体户里，接待过各地前往海口闯荡的文学爱好者以及其他爱好者。有时候，流水席从中午开到了晚上，电饭锅的电线煮得发烫，买一桶花生油，两三天就吃得一滴不剩。最后韩先生终于招架不住，只好在门口贴出一张启事，内容简单明了一共三条：不谈生意，不言招聘，不管食宿。"① 而韩少功自己的回忆② 不仅

---

① 蒋子丹：《〈韩少功印象〉及其延时的注解》，《当代作家评论》1994年第6期。

② 韩少功刚到海南的情形，还可参考《暗示》（人民文学出版社2008年版）"岁月"一节："我从湖南迁居到了海南，住进了一间简陋破旧的军营平房。我面临着严重缺电的情况，每天晚上都只能点上昏黄的蜡烛，看街头那些铺面，都叽叽叽的有小电机四处冒烟。我也面临着缺水的局面，常常刚开始做饭水管就断流，需要提着桶四处找水，当然更需要把海边和河边当做浴场。这时候的海口，还算不上一个城市，更像一个大集镇和大渔村，缺少交通红绿灯，缺少下水道，到处都有绿色农田和荒坡，野生的火鸡、兔子不时闯入家门……我们是三家合租房子和合灶吃饭，其实岂止是三家，海南建省办特区的热潮送来了很多不速之客，有朋友，朋友的朋友，朋友的朋友的朋友，几乎逼得我们每一天都是开流水席，吃完一拨又吃一拨，有一天竟把电饭锅从早烧到晚，一直在忙着煮饭。到了夜晚，客人需要借宿，逼得我们又拼桌子又搭椅子，把孩子们从梦中叫醒从这张床赶到那张床……"

提及搬家的情形，也涉及海岛建省之初开放且混乱的景象："我是大年初一与家人和朋友一起启程的，不想惊扰他人，几乎是偷偷溜走。……海南正处在建省办经济特区的前夕。满街的南腔北调，来自全国各地的青年学子在这里卖烧饼、卖甘蔗、卖报纸、弹吉他、睡大觉，然后交流求职信息，或者构想自己的集团公司。……各种谋生之道也在这里得到讨论。要买熊吗？熊的胆汁贵如金，你在熊身上装根胶管笼头就可以天天流金子了！要买条军舰吗？可以拆钢铁卖钱，我这里已有从军委到某某舰队的全套批文！诸如此类，让人觉得海南真是个自由王国，没有什么事不能想，没有什么事不能做。哪怕你说要做一颗原子弹，也不会令人惊讶，说不定还会有好些人凑上来，争当你的供货商，条件是你得先下订金。……海南就是这样，海南是原有人生轨迹的全部打碎并且胡乱连结，是人们被太多理想醉翻以后的晕眩和跌跌撞撞。"①

　　6月，第一次出访欧洲，与陆文夫、张贤亮、刘宾雁、白烨、刘再复、高行健、北岛、张抗抗等人，组成中国作家

————————

① 韩少功:《万泉河雨季》,《当代》2003 年第 3 期。

最庞大的一个代表团访问法国。

这次出访并不平静。张贤亮这个月 23 日给韩少功去信说：在北京待了两天，果然听到□□□同志在《人民日报》的一次会上，根据那位巴黎中新社记者唐某打的"内参"，批评了我们的代表团。使我痛心的不是打小报告，而是领导人惯于听一面之词。[1] 韩少功对此的解读是："那个代表团超大，其中有几位在巴黎痛责中国的体制和文化，得到大批听众激情的鼓掌，却与部分华裔人士爆发争议——包括他提到的'中新社记者唐某'。这场争执以'内参'或其他方式传到国内，后来也成为文化界思想纠扯的案底之一。"韩少功认为，"争议双方首先有背景的错位，有语境的分裂，说的好像是一回事，但联想空间、意涵所指、听众预设等远不是一回事。刚出国门的中国人，满脑子还是官本位、大锅饭、铁饭碗、冤假错案，不发发牢骚，不冒点火气，好像也不可能。不过长期生活在外的不少华裔对这一切感觉较为模糊，恰恰相反，他们的切肤之痛是不时蒙受某些西方人的白眼，一身黄肤黑发没

---

[1] 著者按：此信尚未公开刊布。

法改,最急的是没有自尊本钱,最愁的是没有自强后盾。好容易有了'两弹一星'什么的可供吹嘘,再说说《论语》、《道德经》,或扎个狮子舞个龙,图的是在'多元化'中也挤进一席。他们如今听中国作家反这反那,连传统文化也要一骨脑儿统统黑掉,那还不跟你急眼?"①

8月,韩少功任《海南纪实》杂志主编,开始筹办杂志。同时筹办的还有《特区文摘报》与海南新闻文学函授学院。

当时文学刊物繁多,而新闻时政类刊物只有《红旗》、《瞭望》等党刊。韩少功等人敏锐地意识到,若将杂志定位为纪实性和思想性相结合的新闻刊物,就可能在市场竞争中处于有利位置。"他们最初设想的名字是《大参考》,因有'御用'之嫌,改名《真实中国》,但省一级刊物的名字不能出现'中国'二字,最后定名《海南纪实》。"杂志挂靠海南省作协,但实际上"没有要作协一分钱的拨款,一开始就是完全市场化的"。"启动资金来源于向一家单位借的5000块钱,以及各人凑出的私房钱。韩少功出了

---

① 韩少功:《落花时节读旧笺》,《上海文学》2015年7月号。

3000 块,其余人略少。"①南下的文坛"湘军"构成了这个编辑部的主干力量。除韩少功,杂志编辑部成员还有张新奇、蒋子丹、林刚、徐乃建、叶之臻、罗凌翮等二十余人。杂志社实行不同于老板制的劳动股份制,它以劳动付出的质量和数量而不是资本投入的多少来决定分配和收入。这样的分配制度的制订得来不易,杂志社内部发生过激烈的争论,最终以韩少功为代表的一方占据了上风。其结果是,"从主编到普通员工,享受同等的基本工资和福利,绩效工资则根据每个季度的全员打分结果而定。包括激光照排技术人员在内,普通员工和领导的工资比例大约为 1∶1.7,差距甚至小于原来预计的 1∶3"。② 在蒋子丹的一篇文章中,就侧面地反映了作为主编的韩少功也是以"劳动"来入股的:"行为过于标准的韩少功在主持《海南纪实》杂志社时,倒也对同事中的标榜个性的言行给予了理解,尽管他本人最富个性的事迹,只是在急躁的时候迸出一两个粗字。可是他的有个性的同事们,在

① 杨敏:《1988:海南纪实》,《中国新闻周刊》2013 年第 7 期。
② 杨敏:《1988:海南纪实》,《中国新闻周刊》2013 年第 7 期。

睡过懒觉之后来到办公室,面对的是韩氏兢兢业业伏案作业的场面,就无声胜有声地感受了谴责。而且韩少功身为主编,工作具体到为杂志赶写赶译时效性较强的文章,甚至校对清样及跑印刷厂,在不知不觉中破坏着人们将动口不动手的特权包装成潇洒个性的努力,使之不得不沦为躲躲闪闪的尴尬。于是韩氏的行动被一些人指责为'严重压抑个性',然这种指责绝不能阻止韩氏在有些人的个性表现为公款私吞、私活公做时拍案而起。"[1]

在那个崇奉丛林法则的早期市场社会,这一团体显得有点另类,它在做到高效运转的同时兼顾了公平与正义。显然,这一切以精心的制度设计为前提。因此,我们尤有必要提及当时韩少功和同人为杂志社制订的一份略具理想主义色彩的"公约"。"公约"全文照录如下:

《海南纪实》杂志社公约(1988)

第一条:杂志社所有成员都是志愿加入这个团

① 蒋子丹:《〈韩少功印象〉及其延时的注解》,《当代作家评论》1994 年第 6 期。

体的,志愿遵守本公约,选择本公约所体现的现实行为准则。

第二条:杂志社成员是指编内正式职工。编外特聘人员如若愿意,也可参照本公约并根据实际情况变通履行之。

第三条:杂志社应创建新体制以保证团体功能和个体功能在不同层次的高效发挥,使这个组织对外富有生产性,以文化价值促进社会的精神解放和建设,以经济价值力求自己在竞争中的自主自强;在内则应保持良好的人际关系和人格面貌,平等自由,团结奋进,不断提高生活的质量。

第四条:杂志社蔑视和坚决革除旧式"大锅饭"的寄生性,所有成员必须辞去原有公职,或留职停薪,或将兼职公薪全部上交,参加风险共担的集体承包,以利振奋精神专心致志,保证事业的成功。除特殊情况经主编同意外,任何人不为其它单位兼任实职。

第五条:杂志社产生主编后,其他成员由主编合同聘任,聘任期一年,可以连聘。新成员受聘之前,原则上都应通过试用期,试用期最短不少于三个月,最长不超过一年。

第六条:杂志社成员有辞职的自由,但必须提前两个月通知,未满聘任期时辞职应经主编同意。否则,擅离岗位者应受到谴责和付出经济赔偿,包括不得享受擅离之时尚未分配的劳动报酬和福利。

第七条:杂志社实行民主监管下的主编负责制。主编由民主选举产生,报上级主管部门任命;也可由上级主管部门任命,交民主选举确认。无论取何种方式,主编如未获得全体成员二分之一以上的选票,不得任职,或应无条件辞职。

第八条:主编任期两年一届,可以连任,其主要职责和权利是:

(1)根据本公约精神,制订各项具体规章,对社内事务有最终决定权(但若关系到方针战略性的问题,应交全员公决)。

(2)决定主要部门负责人的任免聘退,对各部门负责人所决定的下级成员任免聘退,具有否决权。

(3)对外作为杂志社法人代表,处理有关事务。

第九条：根据工作需要，杂志社设置副主编及其他负责岗位若干，实行管事与管人相结合的原则，责任与权利相挂钩的原则。这些负责干部在职权范围内独立自主地工作，包括决定下级成员的任免聘退。

第十条：杂志社成员均有下列其他权利：

（1）参与社内重大决策，行使建议权和全员公决时的表决权。对重大事项实行全员公决时，如主编的意见违背三分之二以上成员的意愿，主编应自动放弃自己的主张，下次再议（再议不得超过一次），或改变决定。

（2）定期了解杂志社的主要工作情况和财务状况（但不做导致办事效率降低的过细参与）。

（3）拒绝执行违反国家法纪和本公约的上级指令。

第十一条：杂志社成员均有下列义务：

（1）经常思考"杂志能为社会贡献什么？我能为杂志贡献什么？"，发挥专长，讲求实效，积极主动为杂志社工作。

（2）加强组织纪律性，坚决服从本公约和不违反本公约的上级指令。

（3）对社内违反国家法纪和本公约精神的现象进行批评和自我批评，防止组织的僵化和腐败。

（4）加强修养，提高自己的人格素质和才智水准。

第十二条：杂志社创获的一切财富，除上交国家税收和管理费等应缴收入之外，由全体成员共同管理和支配。一般情况下，收益分配必须兼顾事业发展和生活改善，按需分配与按劳分配相结合。按需分配是指：人人均等的基本工资，公费医疗，其直系家属（指配偶、父母子女）中未享受公费医疗者的半公费医疗，解聘后三个月待业期内的基本工资等。按劳分配是指：与工作表现和实绩挂钩的职务工资和奖金等（注一）。对创获重大效益者，可以另行规定，给以奖励或收益分成。

第十三条：杂志社对玩忽职守而造成杂志社重大经济损失者，应给予批评并加上经济处罚。

第十四条：杂志社对所有成员的生活保险负有

完全的责任。如某成员遭到不测灾难而个人财力不足抵御时，杂志社所有共产，须为帮助该成员抵御灾难而服务，直至该成员生活水准恢复到社内成员最低水准。若集体财力还不够，所有成员均有义务各尽所能，全力帮助，任何人不得反对。在条件具备时，杂志社应帮助所有成员进入社会保险。

第十五条：如经营需要，杂志社暂时削减报酬，或以借款的方式征集已分配到个人的财富，任何人不得拒绝。

第十六条：杂志社尊重任何成员的个人生活方式和个人事业志向。对不违法纪不违公德以及不影响工作的任何私生活行为，他人不应以组织或个人的名义予以过问和干预。任何成员提前两个月申请，经主编批准，可以留职停薪享受特别假，从事正当的个人事业。无论在职内还是职外，个人事业上取得赢利性重大成果并对社会有贡献者，杂志社亦应给以特别奖励。

第十七条：修改增删本公约条款内容，须经杂志社四分之三以上成员同意。经四分之三以上成员同意而制订的其他重要规章制度,效力可等同本公约。

第十八条:本公约可以作为杂志社成员进行民事诉讼活动的一份法律性文件。

第十九条:本公约由杂志社存档一份,每个成员备执一份,成员在公约上签字以后,公约立即对其生效。

第二十条:本公约由杂志社创建者们制订,今后不愿遵守本公约者,不得正式成为杂志社成员。

签名:

年　月　日

(注一)杂志社拒绝投资入股及按资分配。所取的按劳分配分为两部分:一是职务工资与奖金,二是每人劳动量折算成工分(出勤、成绩等项目由员工定期无记名打分评定,外加工龄记分与岗位责任记分),累计下来,作为劳动性股份参与分配。任何人退出杂志社以后,其劳动股份每年按 1/2 的比例递减。

公约的一些条文引人注目,如:蔑视"大锅饭",所有成员必须辞去公职,或留职停薪,或将兼职公薪全部上交杂志社,参加风险共担的集体承包,以利振奋精神专心致志,保证事业的成功;主编由民主选举产生;重大决策交由全员公决;杂志社创获的财富由全员共同管理和支配;按需分配与按劳分配相结合;杂志社对所有成员的生活保险负有完全的责任,等等。

对此,蒋子丹曾如是评论:"另一件让韩少功感到无尚光荣的事,是在杂志开创之初主持制订了杂志社公约。按韩氏自己的说法是,该文件融资本主义、共产主义、绿党思潮和联合国人权宣言精神以及会道门式行帮义气于一炉。它诞生之后的遭遇,是被一些人首先言之凿凿赞同(杂志社一无所有,只有无数设想与无穷热情的时期),继而被这些人闪烁其词地怀疑(杂志的声誉鹊起,发行量大得令人始料不及的时期),最后被同一些人愤怒地指责为乌托邦式的大锅饭宣言(杂志社动产与不动产已经很可观,有可能让一小部分人率先暴富的时期)。面对变化多端的反映,韩氏以不变应万变,只用一句话来回答:假如杂志社成了一个只是以结伙求财为目标的团体,我就退出。"①

若干年后，国内外一些学者曾将他们的这一体制试验，称之为中国式的"人民资本主义"样板，纳入经济学和社会学的课题研究。

11月，《海南纪实》第1期（创刊号）出版。封面以红黑为主色调，"政治秘闻"、"乒坛内幕"等文字很是抢眼。版权页上，主编韩少功，副主编张新奇、林刚；定价人民币1.96元。第1期有两篇重头文章：第一篇是张玉凤的回忆录。编辑部经人介绍，找到了解放军文艺出版社的编辑董保存。他认识张玉凤，遂请她出面写了一篇文章《张玉凤谈毛泽东晚年二三事》。这是张玉凤第一次在国内公开披露毛泽东的生活。② 还有一篇是关于时任国家领导人当年在四川搞改革的报道。文章引起了很大反响，中共四川省委将其当作学习材料。第1期就打开了局面，创下发行六十万册的记录。

编辑部同人强烈意识到，作为新闻时政类刊物，稿子

① 蒋子丹：《〈韩少功印象〉及其延时的注解》，《当代作家评论》1994年第6期。
② 杨敏：《1988：海南纪实》，《中国新闻周刊》2013年第7期。

特色决定刊物命运。杂志除了一些"解密"的热点稿,还注重对社会现实与历史的深度解读与分析,台湾局势、经济改革、"反右"、"大跃进"等都成为杂志话语介入的重要对象。刊物的成功当然离不开杂志社同人的努力。他们在工作上都十分卖命,以至于外人认为他们干的是个体户。为了保证大家的身体健康,杂志社不得不以强制的方式要求诸位成员不得加班,必须吃好睡好。

杂志影响越来越大,海南省委主要领导去北京开会,都会带一些《海南纪实》在身上。到第3期,杂志社成立了发行部,不再依赖发行商。这期杂志发行量破百万大关,杂志社有了二十多万的进账。走上正轨后,杂志社成员月收入成倍增长,相当于国家事业单位的五六倍,同时他们还享受着新宅、电话、高额保险等集体福利。水果、饮料等则任由成员各取所需。杂志社还加大了固定资产投入,花费四十万元配备了整套激光照排系统,买了一台一万八千元的三菱传真机。在当时,如此高标准的配备对一般媒体而言都是可望而不可即的。

是年,发表有短篇小说《谋杀》(《作家》杂志1988年第2期)、《无学历档案》(《湖南文学》1988年4月号),散文《美不可译时的烦恼》(《文学角》1988年第1期)、《艰难旅程》(《特区文学》1988年第1期)、《老同学梁恒》(《湖南文学》1988年1月号)、《自由路上的摇滚——访美手记》(《小说界》1988年第2期)、《不谈文学——访美手记〈彼岸〉之六》(《钟山》1988年第2期)、《记曹进》(《湖南文学》1988年4月号)等。是年,繁体字版中短篇小说集《空城》由台湾林白出版社出版。

1989 年　三十六岁

8月,因不久前北京发生的政治风波,全国的媒体都开始接受整顿。《特区文摘报》奉令停刊。

10月,发行量超过百万册的《海南纪实》奉令停刊,韩少功身为负责人接受政治审查。

12月,海南省作家协会成立,因为政治和经济的多重审查并未查出什么问题,韩少功仍获得提名,当选为副主席。

《海南纪实》停刊之后,留下一些资产。在金钱面前,有些人开始提出修改公约的要求,主张在核心成员中进行再分配。韩少功则坚持按照公约和劳动股份制处理资产。矛盾日趋激化。最终，韩少功的方案得以执行：除了按制度给被遣散者预付了三年的工资以外，把价值两百多万元的财产、设备和现金上缴作家协会，近十万元捐献给残疾人福利基金会，还有数万元以奖金的形式发给函授学院的优秀学员。某些曾朝夕相处的文友，将匿名捐款一事歪曲为韩少功的个人贪污，并向上级官员举报。这无疑深深刺痛了韩少功的心。韩少功在后来的一篇文章中说："初上岛的两年时间没有写作，为了生存自救也为了别的一些原因，我主持了一本杂志的俗务。我不想说关于这个杂志一些有意思的事情，只说说我对它的结束，惋惜之余也如释重负。这不是因为别的什么，只是因为太累，因为它当时发行册数破百万，太赚钱。钱导致人们两种走向：有些人会更加把钱当成回事，有些人则更加有理由把钱看破。在经历了一系列越来越令人担心的成功以后，在一群忧世嫉俗者实际上也要靠利润来撑起话题和谈兴的时候，在环境迫使人们必须靠利欲遏制利欲靠权谋抵御权谋的时候，我突然明白了，我必须放弃，必须放弃自己完全不需要的胜利——不管有多少正当的理由可以说服你不应当放弃，不必要放弃。一个人并不能做所有的事。有些人经常需要自甘认输地一次次回归到零，回归到除了思考之外的一无所有——只为了守卫心中一个无须告人的梦想。"①

经历了这次事件，韩少功对金钱有了颇有意思的看法。他认为，在钱面前，人有四种：第一种，能赚钱而不迷钱，可谓全人或至人。第二种，不能赚钱亦不迷钱，还可称为雅人。第三种，又能赚钱又迷钱，就只能算作俗人了。第四种，不能赚钱但偏偏为钱，这种人叫废人比较合适。②

是年，创作有《记忆的价值》（此文为湖南文艺出版社《知青回忆录选》序言）。出版有繁体字版《谋杀》（台湾远景出版事业公司）、繁体字版译作《生命中不能承受之轻》（台湾中国时报出版公司）。短篇小说《谋杀》获台湾《联合报》第十一届小说奖。英文版《归去来》（Jeanne Tai 译）入收《春竹：中国当代短篇小说选》（Random House

---

① 韩少功：《海念》"后记"，海口：海南出版社 1995 年版，第 316 页。
② 韩少功：《人之四种》，见《佛魔一念间》，太原：北岳文艺出版社 1996 年版，第 112 页。

1989 年版）。

1990 年　三十七岁

是年，主要致力于散文创作。发表有《海念》（出处未明）、《全球性、信息革命、综合化与文化之再造》（《海南师院学报》1990 年第 2 期）、《记忆的价值》（《文学自由谈》1990 年第 3 期）等。法文版《诱惑》（Annie Curien 译）由 Philippe Picquier 出版社出版。

《海念》中的韩少功得以暂时从浊世逃逸出来，去海边默想人生的真谛。扎入"商海"一年多，浮浮沉沉，韩少功显然看透了许多人、事、物：那些贪嗔之徒，"他们是小人物，惹不起恶棍甚至还企盼着被侥幸地收买。真理一分钟没有与金钱结合，他们便一哄而散"。[①] 面对沧海，自然有了"跳出三界外，不在五行中"的瞬时性解脱。韩少功陷入了对堕落、谣言、友情、公道、体面、雄心的思忖，

---

① 韩少功：《海念》，见《人在江湖》，北京：人民文学出版社 2008 年版，第 121 页。

116

在聆听大海的"谶言"时,他神秘地笑了。经过这种历练与体悟,他对"佛"确乎有了一种神会。湖南开福寺的方丈就说他很有佛缘,还曾送过他一套《金刚经》。①

1991年　三十八岁

3月,出访法国,历时三个月,为旅外时间最长的一次。

这是韩少功自1988年后第二次出访法国。其间,他参加了创作交流、演讲和法文版《诱惑》、《爸爸爸》、《女女女》的签名售书等活动。更多的时间里,韩少功选择寂寞的独处:"当时我正处法国西海岸一个小城市里,准备呆上一个月。也就是说,我将在市政府给我安排的一幢海边住所里,守着六个房间、四张床以及两个厕所,独自一人把大西洋灰暗的浪涛盯上三十来天。这个城市没有中国人,以我相当有限的英文,也不大容易找到太多的英语对话者。我的一位在巴黎的朋友来了一趟,怕我寂寞,就

_____

① 按:出自韩少功对笔者的口述。

借给我一台小录音机，还有几盘歌带，其中有舒伯特。"①

在《访法散记》中，韩少功说，法国这个人文气息浓厚的国度，更"愿意生活在一只旧梦里"，闲散在噬咬着它的经济，艺术也曾让它失去过风度与气节。即便如此，比之于太多"牛仔"气的美国，韩少功对法国明显表现出更多的赞许。不过，旅法时虽"沉陷"在艺术的幻梦中，且有法方提供的定居的优厚条件，韩少功依旧固执地"我心归去"。他认为，没有故乡的人身后一无所有，于是谢绝了法方友好的定居邀请。②

旅居法国的经历让韩少功对一些现象有了更深切、直接的体会："也是在法国，一个装容着深刻表情的演讲厅里，优质音响设备正在传出哪怕最微弱的咝咝气声。一位记者提问：'在现在的中国，还有没有人因为写小说而坐牢？'我身旁的一位女作家犹豫了片刻，斟酌着说：'我见过一个囚犯，他说，他写过小说。'回答当然很精明。把'因为写小说而坐牢'偷换成'囚犯写过小说'，含混之

① 韩少功：《听舒伯特的歌》，见《佛魔一念间》，太原：北岳文艺出版社1996年版，第220页。
② 韩少功：《访法散记》，《湖南文学》1993年3月号。

际,既满足了记者对答案的预期,又不违背事实。既以貌似大胆的言论在外面出彩,又没有超出底线,不至于因为言论失实受到国内的追究。让记者高兴是重要的,舆论意味着自己的知名度、出版机会、访问邀请和美元。暂时不得罪中国官方也是重要的——假如自己还打算回国或者出任什么委员,还打算踏上红地毯。镁光灯闪亮,这位作家后来果然被记者们热烈包围。这样的成功,培养了西方人的知识胃口,这种胃口反过来要求更多的惯性刺激。于是一时之间,一批批国人前去就范,一面对洋人就嘴巴不听使唤,一个劲地往话筒里喂入谎言。"①韩少功说:"我也曾经被邀去演讲。看着台下一双双蓝色的眼睛,我揣测他们想听到什么。我本来打算谈父亲的自杀,谈自己亲历的枪战和监狱,谈中国一幕幕惨剧和笑剧……我知道那最能收获西方的兴奋。但我突然愤愤地改变主意,并自觉羞愧。这羞愧不在于我说什么,而在于我为什么要那样说。这不意味着从此对中国的苦难缄口,只意味着开口

---

① 韩少功:《世界》,见《佛魔一念间》,太原:北岳文艺出版社 1996 年版,第 22—23 页。

不再取悦于人。我不能与下贱的语言同流。"①

大致从这年开始，迎来了韩少功创作的一个新动向，最终成就了一个绵延数年的散文创作高峰。这就是所谓的"想得清就写散文，想不清就写小说"。甚至于这种边界常被打破，散文的笔调开始弥漫在小说中，倾向于向传统的"文史哲"合一的文体样式"缴械投降"。

是年，发表有短篇小说《会心一笑》(《收获》1991年第5期)，中篇小说《鞋癖》(《上海文学》1991年10月号)，散文《阳光的文学——长篇小说〈十八园人家〉代序》(《海南日报》1991年1月16日)、《然后》(《湖南文学》1991年1月号)、《比喻的传统》(《文学自由谈》1991年第1期)、《灵魂的声音》(《海南日报》1991年11月23日)、《作与协的希望》(《海南日报》1991年12月9日)等。

日文版《空城》(井口晃译)发表于《季刊中国现代小说》第19号。英文版《蓝盖子》(Michael S. Duke 译)入收《现代中国小说大观》(M. E. Sharpe 出版公司1991年

---

① 韩少功：《世界》，见《佛魔一念间》，太原：北岳文艺出版社1996年版，第24页。

版);英文版《故人》(Long Xu 译)入收《中国近期小说选(1987—1988)》(Edwin Mellen Press 1991 年版)。法文版《女女女》(Annie Curien 译)由 Philippe Picquier 出版社出版;法文版《爸爸爸》(Noël Dutrait 译)由 Alinéa 出版社出版。

在商海虞诈、"文化精英"满面红光的 20 世纪 90 年代,韩少功要静下心去聆听"灵魂的声音",这多少显得有点不合群。《灵魂的声音》对文坛的批判相当尖锐:"前不久我翻阅几本小说杂志,吃惊地发现某些技术能手实在活得无聊,如果挤干他们作品中聪明的水分,如果伸出指头查地图般地剔出作品中真正有感受的几句话,那么就可以发现它们无论怎样怪诞怎样蛮荒怎样随意性怎样散装英语怎样能指和所指,差不多绝大多数作品的内容(——我很不时髦地使用'内容'这个词),都可以一言以蔽之:乏味的偷情。因为偷情,所以大倡人性解放;因为乏味,所以怨天尤人满面悲容。这当然是文学颇为重要的当代主题之一。但历经了极左专制又历经了商品经济大潮的国民们,在精神的大劫难大熔冶之后,最高水准的精神收获倘若只是一部关于乏味的偷情的百科全书,这种文坛实在太没能耐。"①在韩少功看来，"今天小说的难点是真情实感的问题，是小说能否重新获得灵魂的问题。我们身处一个没有上帝的时代，一个不相信灵魂的时代。周围的情感正在沙化。博士生在小奸商面前点头哈腰争相献媚。女中学生登上歌台便如已经谈过上百次恋爱一样要死要活。白天造反的斗士晚上偷偷给官僚送礼。满嘴庄禅的高人盯着豪华别墅眼红。先锋派先锋地盘剥童工。自由派自由地争官。耻言理想，理想只是在上街民主表演或向海外华侨要钱时的面具。蔑视道德，道德的最后利用价值只是用来指责抛弃自己的情妇或情夫。什么都敢干，但又全都向往着不做事而多捞钱。到处可见浮躁不宁面容紧张的精神流氓"。一个文化大国的灵魂之声是不那么容易消失的，韩少功看到，张承志与史铁生正在发出灵魂的声音："胡人张承志离开了他的边地北京，奔赴他的圣都西海固，在贫困而坚强的同胞血亲们那里，在他的精神导师马志文们那里，他获得了惊讶的发现，勃发了真正的激情。……史铁生当然与张承志有很

---

① 韩少功：《灵魂的声音》，《海南日报》1991 年 11 月 23 日"文艺副刊"。

多的不同。他躺在轮椅上望着窗外的屋角,少一些流浪而多一些静思,少一些宣谕而多一些自语。他的精神圣战没有民族史的大背景,而是以个体的生命力为路标,孤军深入,默默探测全人类永恒的纯静和辉煌。⋯⋯张、史二位当然不是小说的全部,不是好小说的全部。他们的意义在于反抗精神叛卖的黑暗,并被黑暗衬托得更为灿烂。他们的光辉不是因为满身披挂,而是因为非常简单非常简单的心诚则灵,立地成佛,说出一些对这个世界诚实的体会。这些圣战者单兵作战,独特的精神空间不可能被跟踪被模仿并且形成所谓文学运动。他们无须靠人多势众来壮胆,无须靠评奖来升值,他们已经走向了世界并且在最尖端的话题上与古今优秀的人们展开了对话。"①

1992年　三十九岁

10月,开始用电脑写作。

是年,发表有散文《无价之人》(《海南日报》1992年6

---

① 韩少功:《灵魂的声音》,《海南日报》1991年11月23日"文艺副刊"。

月 19 日)、《笑的遗产》(《中国作家》1992 年第 5 期)、《近观三录》(《绿洲》1992 年第 6 期)、《小说似乎在逐渐死亡》(《四川文学》1992 年第 10 期)。日文版《雷祸》(井口晃译)发表于《季刊中国现代小说》第 21 号,日文版《鞋癖》(井口晃译)发表于《季刊中国现代小说》第 23 号。英文版《归去来》(Martha Cheung 译)由 Renditions 出版社出版。法文版《鞋癖》(Annie Curien 译)由 Arcane 出版社出版。意大利文版《爸爸爸》(Maria Rita Masci 译)由 Theoria 出版社出版。《鞋癖》获本年度上海文学奖。

1993 年　四十岁

2 月,在海南省政协换届选举中再次当选为常委。①

是年,发表有短篇小说《真要出事》(《作家》杂志 1993 年第 2 期),中篇小说《昨天再会》(《小说界》1993 年第 5 期),随笔《访法散记》(《湖南文学》1993 年 3 月号)、《无价之人》(《文学评论》1993 年第 3 期)、《夜行者梦语》

---

① 著者按:韩少功 1988 年南迁海南时,曾当选海南省政协常委。

（《读书》1993 年第 5 期）、《作揖的好处》（《青年文学》1993
年第 8 期）、《那年的高墙》（《光明日报》1993 年 8 月 7
日）、《走亲戚》（《福建文学》1993 年第 12 期），书信《旧笺
拾零》（《作家》杂志 1993 年第 6 期）等。法文版《鼻血》
（Annie Curien 译）发表于《现代》（*Les Temps modernes*）
杂志 1993 年 12 月号。

《夜行者梦语》为后来一系列长篇思想随笔的起始。
这之后，韩少功的思索更具学理性、系统性。这些分量颇
重的随笔主要有《性而上的迷失》、《心想》、《世界》、《佛魔
一念间》、《完美的假定》、《第二级历史》、《熟悉的陌生
人》、《国境的这边与那边》等。这批随笔针对灼人的现
实，结合历代哲人的思想资源，介入思想界最前沿、最具
"风险"的话题，走"理论"的钢丝绳。

1994 年　四十一岁

2 月，出任海南省政协文史委主任。

《马桥词典》的创作起始于这一年年初。关于一部词
典体长篇的构思让他兴奋不已。这一年，朋友圈子里的

人都知道韩少功在谋划一部词典小说。为了避免外界干扰，电话一概不接。为此还特地买了一个寻呼机，号码仅告知为数不多的亲朋。后遭遇母亲去世，写作才耽搁了一段时间。总体而言，小说写作非常顺利，1995 年秋就完成了初稿。

是年，发表有散文《性而上的迷失》(《读书》1994 年第 1 期)、《即此即彼》(《海南师院学报》1994 年第 1 期)、《个狗主义》(《钟山》1994 年第 2 期)、《在小说的后台》(《海南师院学报》1994 年第 2 期，此文为林建法所编《作家编辑印象记选集》序言)、《平常心，平常文学》(《海南日报》1994 年 4 月 14 日，此文为黄茵散文集《咸淡人生》序言)、《"我"者文之魂——〈豪屋——访泰闲笔〉序》(《海南日报》1994 年 4 月 21 日)、《阳台上的遗憾》(《海南日报》1994 年 4 月 23 日)、《佛魔一念间》(《读书》1994 年第 5 期)、《致友人书》(《文艺争鸣》1994 年第 5 期)、《世界》(《花城》1994 年第 6 期)、《无我之我》(《新民晚报》1994 年 9 月 4 日，此文为英文版《方方中短篇小说集》[中国文学出版社 1993 年版]序言)、《从人身上可以读出书，从书里也可以读出人》(《中国青年报》1994 年 12 月 16 日)、

《圣战与游戏》(此文为《圣战与游戏》[Oxford University Press（Hong Kong）1994 年版]序言)等。

是年,出版有中短篇小说集《鞋癖》(长江文艺出版社)、《韩少功》(人民文学出版社),随笔集《海念》(海南出版社)、《夜行者梦语——韩少功随笔》(上海知识出版社)。法文版《空屋的秘密》(Fang Liu 译)由中国文学出版社出版。繁体字版随笔集《圣战与游戏》由 Oxford University Press（Hong Kong）出版。

《性而上的迷失》是韩少功少有的反思"性"的随笔。他认为,性与禁限构成有趣的关联:"禁限是一种很有意味的东西。礼教从不禁限人们大汗淋漓地为公众干活和为政权牺牲,可见禁限之物总是人们私心向往之物——否则就没有必要禁限。而禁限的心理效应往往强化了这种向往,使突破禁限的冒险变得更加刺激,更加稀罕,更加激动人心。"也正因此,"正是传统礼教的压抑,蓄聚了强大的纵欲势能,一旦社会管制稍有松懈,便洪流滚滚势不可挡地群'情'激荡举国变'色'。性文学也总是在性蒙昧灾区成为一个隐性的持久热点,成为很多正人君子一种病态的津津乐道和没完没了的打听癖、窥视癖。道德以前太把它当回事，它就真成一回事了。纵欲作为对禁欲的补偿和报复，常常成为社会开放初期一种心理高烧。纵欲者为了获得义理上的安全感，会要说出一些深刻的话。他们中间的某些人，如果吃饱喝足又有太多闲暇，如果他们本就缺乏热情和能力关注世界上更多刺心的难题，那么性解放就是他们最高和最后的深刻，是他们文化态度中唯一的激情之源。他们干不了别的什么"。不过，"自由是一种风险投资。社会对婚姻问题的开明，提供了改正错误的自由也提供了增加错误的自由。解放者从今往后必须孤立无援地对付自己与性相关的困惑和苦恼，一切后果自己承担，没法向礼教赖账"。①

《佛魔一念间》表明佛学是韩少功精神生命的一部分。他认为，世界上宗教很多，说佛教的哲学含量最高，至少不失为一家之言。佛学还具有难得的开放性，它表现为对异教的宽容态度和吸纳能力。在历史上，佛教基本上没有旌旗蔽空尸横遍野的征服异教之战，也基本上没有对叛教者施以绞索或烈火的酷刑。"方便多门"，"万

---

① 韩少功：《性而上的迷失》，《读书》1994年第1期。

教归一"，佛认为各种教派只不过是"同出而异名"，是一个太阳在多个水盆里落下的多种光影，本质上是完全可以融合为一的。求"术"可能堕入左道，求"道"也未见得就十分保险："佛魔只在一念，一不小心就弄巧成拙。大体而言，密宗更多体现了佛与道'用'的结合，习密宗易失于'用'，执迷神秘之术；禅宗则更多体现了佛与道'体'的结合，习禅容易失于'体'，误用超脱之道。人们行舟远航，当以出世之虚心做入世之实事，提防心路上的暗礁险滩。"[①]

《圣战与游戏》告诉世人："思辨者如果以人生为母题，免不了要充当两种角色：他们是游戏者，从不轻诺希望，视一切智识为娱人的虚幻。他们也是圣战者，决不苟同惊慌和背叛，奔赴真理从不趋利避害左顾右盼，永远执着于追寻终极意义的长旅。"[②]

在《鞋癖》的跋文中，韩少功少有地提起为何要写作的问题。写作显然不是一种最好的消遣。把写作视为

① 韩少功：《佛魔一念间》，《读书》1994 年第 5 期。
② 韩少功：《圣战与游戏》，《书屋》1995 年第 1 期。

一种职业,那也没有非持守不可的理由。韩少功说:"以我平庸的资质,也曾当过数学高才生,当过生产队长,当过杂志主编,这些都足以支撑我改变职业的自信。那么为什么还要写作?"①文中,他提到与一位清贫的知青老朋友邂逅。这位朋友家境清贫,事业无成,虽然爱好小说却差不多没有写过什么作品。但他关注文学的视野之广,让人吃惊。"更重要的是,他的阅读篇篇入心,文学兴趣与人生信念融为一体,与其说是读作品,不如说是……总是在对自己的生命作执着的意义追究和审美追索。在这位木讷的朋友面前,我再一次确认,选择文学实际上就是选择一种精神方向,选择一种生存的方式和态度——这与一个人能否成为作家,能否成为名作家实在没有什么关系。当这个世界已经成为了一个语言的世界,当人们的思想和情感主要靠语言来养育和呈现,语言的写作和解读就已经超越了一切职业。只有苏醒的灵魂,才不会失去对语言的渴求和敏感,才总是力图去

---

① 韩少功:《鞋癖》"跋",见《鞋癖》,武汉:长江文艺出版社 2001 年版,第 308 页。

语言的大海里洁净自己的某一个雨夜或某一片星空。"①

韩少功这一时段的散文创作引起了学术界的重视。孟繁华甚至认为:"韩少功90年代的文学活动已不再是以小说家名世,他更引起人们关注的是他一些散论式的文字。比如《灵魂的声音》、《夜行者梦语》、《无价之人》、《性而上的迷失》、《佛魔一念间》等等。这些散论在文体上已很难命名,说是理论小品、论说散文或评论都无不可,当然这并不重要,重要的是,在这些思辨和批判力量的文章中,你可以看到一个严肃作家清醒而明晰的判断力,一个有信仰的作家面对纷乱文坛慷慨陈白中的深切忧患,在需要有人说话的时候,他敢于毫不犹豫地站起来发言,将刀锋锐利地指向痼疾,一一割将开来,毫不手软地使其全部丑陋暴露无遗。中国文坛现在确实需要几个'真正的猛士'。"②

---

① 韩少功:《鞋癖》"跋",见《鞋癖》,武汉:长江文艺出版社2001年版,第309页。
② 孟繁华:《庸常年代的思想风暴——韩少功九十年代论要》,《文艺争鸣》1994年第5期。

1995 年　四十二岁

4 月,母亲病逝。

韩少功在文字中极少描述母亲。在母亲去世前一个月,他写了篇深切地为母亲担忧的文字——《母亲的看》。岁月过多地折耗了韩母的心智,现在的她喜爱独处,对许多户外活动"怀有深深的疑惧",甚至于会把友善的医生、温和的护士一律斥为"驴肝肺"。韩少功不无忧伤地揣测:"她这一性格是不是源于一九六六年,我不知道。那一年,我的父亲正是被许多友善温和的面孔用大字报揭发,最后终于自杀。"年老的母亲逃遁到电视这一她总是"胡看妄说"的虚幻世界中去了。但眼中的白内障在扩张,乃至把巧克力当成了猪。① 这时,站在她身边的韩少功,她看得清么? 看得清他眼中蓄满的泪水么? 李少君曾谈及韩少功的拳拳孝心:"还有韩少功,我每次在他家

---

① 韩少功:《母亲的看》,见《人在江湖》,北京：人民文学出版社 2008 年版,第 254—256 页。

都见到他母亲,老人家不言不语,但精神挺好,我也一直未太予注意,直到有一天,一个杂志社约我采访韩少功,本来太熟,不用问什么话,但一些程式性的东西令我随便问了一下他以后的打算,韩少功没有谈写作谈事业,他只说了一句:'送走老的,带大小的(指女儿)。'我一下子就愣在那儿,久久没有话说。"①

在为一部文集写的序言中,韩少功透露,他母亲最终魂归故里:"此书齐稿之日,我的母亲已经不在人世。在经历了一次又一次的病情反复后,也最终在与死神的抗争中,静静地睡了过去,冷却了身上的体温和我从孩童时代就熟悉了的气息。她在海岛上火化,然后由我们子女将其骨灰送往家乡,与我父亲以及一位没有后人的姑姑合葬。我们在一片蒙蒙细雨里,在一座新坟旁,栽下了两棵松树。我的前辈在这里可以听到树林中的鸟语,可以远眺湘江的一角,还有长沙市郊的一角。我的母亲出生在湖北,在湖南生活了大半辈子。现在,她终于返回了她从中汲取生命和梦魂的六千里大楚之

---

① 李少君:《作家与母亲》,《海南师院学报》,1995 年第 3 期。

地，可以安息了。我不知道叶落归根的说法有没有道理，有多少道理。我只是遵从中国人的常规让母亲魂归故土。"①

5月，在当选了海南省作协主席与《天涯》杂志社社长后，韩少功开始了作协机关的改革与杂志的改版。

对这类职务，韩少功有清醒认识。他是这样看待作协的："由于体制以及其它方面的种种原因，这一类文学衙门在进入九十年代以后已经活力渐失，更有少数在市场化的无情进程中败相层出，苟延残喘。有些在这类机构里混食的人与文学并没有什么关系，只不过是打着文学的旗号向政府和社会要点小钱然后把这点小钱不明不白地花掉。这类机构正当的前途，当然应该是业余化和民间化，但革命没法冒进，原因是现在人员得有个地方吃饭。这就是我也当不成改革英雄的处境。"②在这种情形下，他下定决心将精力投入到《天涯》的改版上。且来看

① 韩少功：《远行者的回望》，见《佛魔一念间》，太原：北岳文艺出版社1996年版，第189—190页。
② 韩少功：《我与〈天涯〉》，见《人在江湖》，北京：人民文学出版社2008年版，第161页。

看改版前《天涯》的情形,韩少功是这样描述的:"《天涯》是海南的一个老文学杂志,在八十年代曾经还不错,在九十年代的市场竞争中则人仰马翻丢盔弃甲。到后来,每期开印五百份,实际发行则只有赠寄作者的一百多份,但主管部门觉得你只要还出着就还行。因为卖刊号违规换钱,这个杂志已经吃过两次新闻出版局的黄牌,内部管理和债权债务也一团乱麻,每本定价四元的杂志光印刷成本就达到每本近十五元,杂志社的一桩凶多吉少的经济官司还正待开庭。"[1]

这么一个要死不活的杂志,韩少功却用别样的眼光看待它:"治国去之,乱国就之,这是庄子的教诲,也是我的处事逻辑。我和一些朋友在八十年代末曾经把一本《海南纪实》杂志办得发行超过百万份,靠的就是白手起家。以我狭隘的经验来看,白手起家就是背水作战,能迫使人们精打细算、齐心合力、广开思路、奋发图强,而这些团队素质的取得比几十万或者几百万投资其实重要

[1] 韩少功:《我与〈天涯〉》,见《人在江湖》,北京:人民文学出版社 2008 年版,第 161—162 页。

得多。"①在另一篇文章中,韩少功也曾写到编辑群体"乱国就之"的豪情:"因为一些历史原因,前任交下来的只有一间八平方米的房子,两张旧桌子,一个摇头扇。这就是当时的全部家当。《天涯》改版的第一个会没地方开,椅子也不够坐,只好借了招待所的一间房,搞了个'飞行集会'。当时有蒋子丹、王雁翎、罗凌翮在座。我今天得对她们表示感谢,感谢她们在那样艰苦的条件下没有失去信心,大家有难共担。后来还有恩恩、张浩文、李少君、孔见、张舸等朋友陆续加入进来了。少君当时在海南日报社,有优厚得多的工资,但要死要活地要来《天涯》。我们怕他一时冲动,要他先兼职,一年以后再说。后来一年过去了,他初衷不改,没有嫌贫爱富,当普通编辑也高高兴兴。这是需要一点热情的。《天涯》就是集合了一批有热情的人。像单正平是《天涯》的家属,实际上是半个编辑。要编就编,要写就写,要译就译,我们要救场了就去找他。他还把他的朋友韩家英介绍来做设计……"②

------

① 韩少功:《我与〈天涯〉》,见《人在江湖》,北京:人民文学出版社 2008
  年版,第 162 页。
② 韩少功:《我们傻故我们在》,《天涯》2006 年第 2 期。

蒋子丹是韩少功最重要的搭档。有关当时的情形，她亦有回忆文字："1995年春季某天，海南省作家协会新任主席韩少功找我谈话，希望我能接替上任《天涯》主编叶蔚林先生退休的空缺来办这份杂志，这对我来说真是一个沉重的时刻。我从1976年开始在湖南人民出版社当编辑，前前后后已经办过好几本杂志。可以说深知其中甘苦，尤其在当今刊物数量膨胀，竞争激烈，许多纯文学杂志朝不保夕的情形下，接手这样一本地处边远省且毫无知名度的刊物，何尝不是一捧烫手的栗子？从另一方面说，本人的人生进取原则，向来是宁为凤尾不为鸡头，在此之前不久发表的一篇文学自传中，我还非常潇洒地写道，我这一辈子担任的最高职务是少先队中队长，而且肯定要在这方面不改初衷。可是当时我面临的情况，是要为一捧烫手的栗子改写人生。不能否认，每个人都是有弱点的。我的一个显而易见的弱点，是不会对朋友说不。我曾经开玩笑说，幸好我的朋友中间没有不法之徒，要不然我将是最容易成为窝藏或窝赃犯的人选。这时要把这一捧烫手栗子塞给我的上司，恰是朋友韩少功，他对我说，你不觉得纳税人的钱浪费了太可惜吗？这句话击中了我的另一个弱点，那就是我对社会还残存了一份令某些现代人不屑的责任心和义务感。《天涯》那时每年享受工资在外的十五万元财政补贴，每期却只印五百份，寄赠交换之后就放在仓库里，等着年底一次性处理，看着也的确让人觉得不太对劲。于是，考虑了几天之后，我答应'友情出演'，但条件是韩少功本人必须担任杂志社社长，我感觉以他在文坛上的影响力和号召力，他当不当社长对杂志的兴衰至关重要。后来的事情，证明我的直觉是完全正确的。"①

在同一篇文章中，蒋子丹还谈到，她那时创作欲望复苏，接手一份前途未卜的杂志确实让她踌躇："应该说在1994年底1995年初，当小说集、散文集《桑烟为谁升起》、《左手》、《乡愁》和《一个人的时候》相续付梓的时候，我的文学热身运动已经有了效果，我愈来愈感觉到一个人能以吾手写吾心的快乐，而且愈来愈沉迷其中。也正是在这个时候，我成了《天涯》的主编。因此，在1995年夏天的聚会中，我的这一举动反复被相熟的女作家们质疑，同时

---

① 蒋子丹：《结束时还忆起始》，《当代作家评论》2003年第5期。

大伙儿都认为,如今办刊物除了费力不讨好,几乎没有别的结果,而且肯定要把我刚刚恢复的写作再次中断。"①

在这样一种人员配置下,韩少功大刀阔斧地启动了《天涯》的"产品改型",推出了"民间语文"、"作家立场"、"一图多议"等特色栏目,还维持了"文学"、"艺术"、"研究与批评"等一般栏目。其实,"产品改型"是逼出来的。在商业大潮冲击下,不少作家创作的激情明显消退,优质文学大幅度减产。再者,《收获》、《钟山》、《小说界》、《花城》等老牌刊物在稿源方面有先天优势。显然,留给《天涯》的空间十分狭小。"民间语文"栏目就是为了回避稿源争夺战应运而生的:"这个栏目使刊物的供稿者范围扩大到作家之外的所有的老百姓,让他们日常的语言作品,包括日记、书信、民谣等等都登上大雅之堂,不仅记录民间的语言创造活动,而且也可使有心人从中读取各种社会和人生的信息,从而对当代中国有更深入的语言勘察。后来的事实证明,这个被戏称为'严禁文人(与狗)入内'的栏目以其'亲历性'、'原生性'、'民间性'受到了读者最为

---

① 蒋子丹:《结束时还忆起始》,《当代作家评论》2003 年第 5 期。

广泛的欢迎,其中《患血癌少女日记》的艺术力量为很多著名小说所不及,曾经使我和很多人读后久久不能平静;而《火灾受难打工妹家书》、《下岗女工日记》、《"文革"支左日记》等等,对中国的'文革'和市场化进程提供了必要的深度披露,被很多社会科学家所重视。"①"作家立场"栏目也是这样产生的。"这个栏目按照英文 writer 的含义来定义'作家',即把一切动笔写作的人都纳入'作家'的范围,当然就使很多学者都有了参与《天涯》或者说与文学会师《天涯》的机会,《天涯》也有可能从大批三流文学来稿中突围出来,得以开发和汲纳文学家之外的广阔文化资源。……关于市场化问题、全球化问题、环境与生态问题、民主与宪政问题、大众文化问题、道德与人文精神问题、后殖民问题、女权问题、教育问题、传媒问题、腐败问题、农村与贫困问题、民族主义问题等等,后来都逐一成为《天涯》的聚焦点。《天涯》参与或发动了这一系列问题的讨论,是这一再启蒙的推动者,也是这一再启蒙的

---

① 韩少功:《我与〈天涯〉》,见《人在江湖》,北京:人民文学出版社 2008 年版,第 164—165 页。

受益者。一批作家化的学者和一批学者型的作家在我们的预期中走上了文化前台,释放了挑战感觉和思维定规的巨大能量。作为这一过程的另一面,这些写作也在一定程度上再生了中国古代文、史、哲三位一体的'杂文学'大传统,大大拓展了汉语写作的文体空间。"①为了应对市场压力,《天涯》还必须规避学报式的概念空转与能指游戏,"《天涯》应该让思想尽量实践化和感性化","特别报导"栏目就是根据这一要求进入设计。"它应该是每期一盘的专题性信息大餐,雅事俗说,俗事雅说,较能接近一般读者的兴趣和理解力,相当于思想理论中的大众版本。严格地说,它与常见的所谓报告文学没有什么关系,它的作者不仅应就某一重大主题有思想理论上的全景观察,而且还应有详实的事实例证和尽可能生动的表达。"②

如是改版,韩少功不觉得有何新鲜,"严格地说,在这

① 韩少功:《我与〈天涯〉》,见《人在江湖》,北京:人民文学出版社 2008年版,第 165—166 页。
② 韩少功:《我与〈天涯〉》,见《人在江湖》,北京:人民文学出版社 2008年版,第 166 页。

个设计过程中,我们谈不上得到了什么,只不过是大体上知道了我们应该去掉一些什么,比如要去掉一些势利、浮躁、俗艳、张狂、偏执、封闭等等,而这是一本期刊应有之义,不是什么超常的奉献。因此,我们觉得没有什么可说的,连短短的改刊词也不要,就把新的一期稿件送进了印刷厂"。① 今天,我们随手翻开一本改刊后的《天涯》,就能体味到这些改革的理念。

在杂志社的管理上,韩少功也费了不少心思。人力资源方面,他既注重在海南当地发掘人才,如郑国琳(崽崽)、张浩文、李少君等,又想尽办法联络海岛外的专家学者。李陀、南帆就是在这个时候成为杂志的特聘编审的。在此基础上,韩少功尝试对编辑部这一母体进行改造。他认为,"现行人事体制的积弊,主要是'铁饭碗'和'大锅饭'总是诱发人的惰性以及社会上常见的内部摩擦,即便是一群铁哥们或者大好人纠合在一起也总是难免其衰。……当然,我失望于这种体制的时候,对市场化或者

① 韩少功:《我与〈天涯〉》,见《人在江湖》,北京:人民文学出版社 2008年版,第 168 页。

自由化的另一种状况并没有浪漫幻想。我曾经目睹甚至亲历过一些所谓体制外的民营企业,那里既没有'大锅饭'也没有'铁饭碗',竞争的压力确实使人们不敢懈怠。但那里的现实问题是太缺少刚性的体制约束,因此要么是'暴君'式的管理之下员工权益无法得到保障,剥削和压迫令人心寒;要么是'暴民'式的内讧之下频繁政变、连连休克,多数短命的企业最终都可能心肌梗死式地暴死。这就是说,如果说体制内多见腐败慢性病的话,那么体制外就多见腐败急性病,各有各的成本和代价"。① 韩少功认为,"不管是慢性病,还是急性病,《天涯》都须防疫在先,须兵马未动体改先行。这种改制是保守疗法中的激进,就是把企业民主这个往日革命化(书记专权)和当今市场化(老板专权)都遗弃了的东西,真正引入到日常生活中来。工资这一块不好动,就先从别的方面下手。整个机关以及《天涯》杂志社开始实行一种季度民主考评制,相当于每个季度来一次民选并且加上'生产队记工'。

① 韩少功:《我与〈天涯〉》,见《人在江湖》,北京:人民文学出版社 2008年版,第 171 页。

其内容是每个人的表现按'德、能、勤、绩'四个项目接受全体员工的无记名投票打分,然后每个人的得分结果与奖金发放和职务升降挂钩。当然,这个制度主体还有一些配套措施,比如为了削弱个人关系和情绪的因素,每次统计平均分时都去掉最高分和最低分;为了体现对岗位责任的合理报酬,每个人的得分还辅以岗位系数,即重要岗位人员的得分自增百分之三十或百分之十五。还比如,为了照顾中国人十分要紧的脸面等等,得分情况并不公示,但每个人都有查分的权利,以确保考评的公正和透明。……我在事前的模拟测试中已经算出,根据这种新法,一个优秀的普通员工完全可以比一个慵懒的领导多拿到两倍多的奖金,可以有可靠的升迁机会。这种奖优惩劣的力度可能已经差不多了"。①

他又说:"这里也得说一说,民主这一帖药也非万能。比如杂志社有了一些收入,比如这些收入可以用来投入社会公益事业也可以分作员工奖金,那么在资金如何使

---

① 韩少功:《我与〈天涯〉》,见《人在江湖》,北京:人民文学出版社2008年版,第172页。

用这个问题上能不能民主？可以想见，我们要花几万元召开一个重要的会议，要花几万元展开一项社会公益活动，或者要花几万元投入编辑工作的电脑网络建设，只要说用投票来决策，虽然有些人不会计较自己的奖金损失，但肯定也有些人会神秘兮兮的。肥水不流外人田么，不劳动者不得食么，吃光分光的主张最终很可能感染成革命群众的主流意见。你能让大家都像上帝一样都想到全人类和千秋万代？在这个时候，民主可能就有点丑陋了，而'独裁'和'集权'势必就是遏制丑陋的权变之策。事实上，每碰到这种挠头的事，我只好像个专横的恶霸，暂时充当民主的叛徒。"①体制改革带来了明显的效益。外人对《天涯》人"黑汗水流"的劲头殊为不解：他们是个体户？对国人来说，韩少功的体制改革无疑将成为一笔重要的制度财富。

　　蒋子丹后来回忆说，文体上的突破是《天涯》改版成功至为重要的因素，并且这与韩少功的创作与学识有着

————————

① 韩少功：《我与〈天涯〉》，见《人在江湖》，北京：人民文学出版社2008年版，第173—174页。

直接的关系:"韩少功首先提出要从文体上突破'纯文学'的框架,把《天涯》办成一本真正意义上的'杂'志,或者说'杂文学'刊物。他说,中国的文化传统从来是文、史、哲不分家,《史记》是历史也是文学,《庄子》是文学也是哲学。《天涯》如果能在恢复中国独有的大文化传统方面做点工作,应该是会很有意义的。这种设想的提出,跟韩少功本人的学养状况有密切关系。早在两年前,他就一直在考虑小说如何才能突破固有的叙事方式,找到一种新的跨文体写作样式,并正在努力将这种思考渗入到他的写作中去。与《天涯》改版同时进行的,是他对长篇小说《马桥词典》的创造性构想,这部著名小说,凝结了他对西方的言语哲学、中国明清笔记文学以及他自己多年的写作实践等等多层次的积累和探究成果,后来一度被称之为'马桥事件'的构陷与反构陷诉讼弄得毁也至极誉也至极。《天涯》改版的定位,跟这部小说的构思其实是两位一体一脉相通的。"①蒋子丹说:"现在回想起来,这种文体定位,很像开始写作某部作品时对语感的寻找。凡是

① 蒋子丹:《结束时还忆起始》,《当代作家评论》2003 年第 5 期。

有些写作经验的人都会体会到,寻找语感对一部作品的创作是多么重要,它与你想要表达的精神内涵有着血和肉一样的关联,找准了,作品还没下笔,已经成功了一半。我庆幸《天涯》在它的孕育期已经具备了后来使它在刊山报海之中脱颖而出的条件,就是它独特的文体气质,是这种气质决定了它的品位。也许跟所有其他杂志的设计不同,《天涯》的改版是以文体为酵母,启发了其他如题材、栏目、议题等等别的一直被认为是更重要更主要的方面,而不是相反。"①

　　是年,发表有短篇小说《余烬》(《上海文学》1995 年 1 月号)、《山上的声音》(《作家》杂志 1995 年第 1 期)、《暗香》(《作家》杂志 1995 年第 3 期),中篇小说《红苹果例外》(《芙蓉》1995 年第 1 期),散文《为什么写作》(《书屋》1995 年第 1 期)、《远行者的回望》(《书屋》1995 年第 1 期)、《心想》(《读书》1995 年第 1 期)、《什么是自由?》(《文学自由谈》1995 年第 4 期)、《听舒伯特的歌》(《作家》杂志 1995 年第 7 期),对话《多义的欧洲——答法国〈世界报辩

---

① 蒋子丹:《结束时还忆起始》,《当代作家评论》2003 年第 5 期。

论〉杂志编者问》(《文学自由谈》1995年第2期)、《关于精神的对话》(与鲁枢元对谈,《东方艺术》1995年第3期),书信《第一本书之后——致友人书简》(《扬子晚报》1995年10月29日)。

是年,出版有中短篇小说与散文集《真要出事》(中共中央党校出版社),散文集《韩少功散文》(海南出版社),中短篇小说集《北门口预言》(南海出版公司)、《韩少功》(漓江出版社)、《韩少功》(太白文艺出版社)。法文版《爸爸爸》(Noël Dutrait 译)由 L'Aube 出版社再版。日文版《昨天再会》(井口晃译)刊载于《季刊中国现代小说》第32号。英文版《笑的遗产》(Christena Leveton 译)刊载于《中国文学》(英文版)1995年春季版。英文版《领袖之死》(Thomas Moran 译)入收《中国现代文学哥伦比亚文集》(Columbia University Press 1995年版)。

1996年　四十三岁

1月,《天涯》改版号推出。

《天涯》一炮打响。蒋子丹这样形容《天涯》的华丽亮相：“1995年底，第一期《天涯》如期付梓。这一期的作者后来被报刊评论称之为超豪华阵容。这么说似乎并不过分，以下是当期作者名单：方方、史铁生、叶兆言、叶舒宪、孙瑜、昆德拉、张承志、李皖、华孚、苏童、何志云、陈思和、杭之、钟鸣、南帆、格非、韩东、韩少功、蒋子龙、薛忆沩、戴锦华。不用说，这当然是我们苦心经营的结果。一份读者很陌生的杂志，需要他们熟悉的名单来吸引其目光，而且需要特别集中才会有轰动效应。根据这一思路，我们在头三期用了很大的精力去组稿，先后又有王小妮、王晓明、尹吉男、北村、李锐、冯骥才、吴亮、刘索拉、邵燕祥、陈村、何立伟、汪晖、张炜、张欣、周国平等著名作家和学者在《天涯》上露面，这果然引起了读者的兴趣：这本名不见经传的杂志，怎么会每期集中这么多名家？杂志出了几期之后，《新民晚报》《羊城晚报》《中华读书报》《工商时报》、《中国青年报》《深圳商报》以及各地报纸的读书版，都有文章评介《天涯》，山东的一份报纸还用了整版的篇幅来讨论‘天涯模式’。我们的计划得到了初步实现。”①

---

① 蒋子丹：《结束时还忆起始》，《当代作家评论》2003年第5期。

《天涯》反对拜金主义和提倡人文精神的立场受到一些读者的欢迎,也引来批评和攻击,从"道德理想主义"到"红卫兵"、"新左派"、"法西斯"、"奥姆真理教"等等,身负恶名越来越多。文坛争议出现情绪化升温,点名批评韩少功的有张颐武、王干、刘心武等人。刘心武认为,韩少功的见解值得考虑,因为韩少功认定"知识分子就应该站在俗世的对立面上,不管如何都应该按一种最高的标准来评价社会,应该给社会一些最高的原则"。张颐武附和说:"张承志、张炜、韩少功,绝对否定世界,而绝对肯定自己。"刘心武进一步发挥:"比如他们对崇高的追求,首先就是以对自己的肯定为前提,来否定他人。这很奇怪,这在现代世界很少见了。"[①]韩少功曾经去信《作家》杂志,声明刘心武所说并非自己的观点,不知他是从哪里得来的。现在回顾事件,韩少功的质询其实意义不大,这不是一场发生在同一思想层次的争论。这就不难理解随之而来的不是更理性的争辩,而是更加搅浑水的"马桥事件"。

---

① 刘心武、张颐武:《商业化与消费文化:文化空间的拓展》,《作家》1996年第4期。

这里需要提及《天涯》被判定为"新左派大本营"一事。这与韩少功不惜版面果敢发表汪晖的长文《论当代中国的思想状况以及现代性问题》有直接关系,它激起了一个不算小的思想浪潮。当然文章也在很多方面呼应了韩少功的思考。不过,至少在主观意愿上,韩少功并不乐于促成一个"左派"的"大本营",他更期待刊物成为"兼容并包"的高端的思想交锋平台。韩少功描述过当时"笔战"的情形:"《天涯》也发表过很多与'新左派'相异或相斥的稿件:萧功秦、汪丁丁、李泽厚、秦晖、钱永祥、冯克利等等,都各有建设性的辩难。其中任剑涛的长文《解读新左派》至今是有关网站上的保留节目,是全面批评汪晖的重头文字之一。朱学勤、刘军宁的文字也被我们多次摘要转载。有一篇检讨和讽刺美国左派群体的妙文《地下室里的西西弗斯同志》,还是我从外刊上找来专门请人译出发表的。可惜这样的文章还太少,更多的来稿往往是在把对手漫画化和弱智化以后来一个武松打猫,虚报战功,构不成真正的交锋。我一直睁大眼睛,注意各种回应汪晖、王晓明、陈燕谷、戴锦华、温铁军、许宝强等'新左派'的文字,想多找几只真正的大老虎来跟他们练一练。

在做这些事情的时候，我们并不想和一把稀泥处处当好人，更没有挑动文人斗文人从而招徕看客坐地收银的机谋，我们只是想让各种思潮都在所谓'破坏性检验'之下加快自己的成熟，形成真正高质量的争鸣。这是我在编辑部经常说的话。"①有了这种"破坏性检验"的雄心，《天涯》成为思想重镇自不待言。

李少君(《天涯》主编，蒋子丹的接任者)在一篇文章中形象地说，《天涯》的姿态就是"一直'向下'"。首先在栏目设置上表现出去精英化的色彩。"民间语文"栏目刊登的是普通百姓的书信、日记、检讨书、口头禅、公文、检举信、判决书等。李少君说，这些恰恰就是最本质、最原始的文学，它非常朴实地记录、表达着普通人的情感、感受与感觉。这是一种"向下"的文学，一种与更广阔的社会、世界、生活及民众建构关系的"文学"。其次，《天涯》对底层有持续的关注。《天涯》在文学界率先发起的"底层的表述"问题的讨论，吸引了众多作家、批评家参与，比

① 韩少功：《我与〈天涯〉》，见《人在江湖》，北京：人民文学出版社2008年版，第179页。

如王晓明、蔡翔、陈燕谷、刘旭、薛毅、摩罗、刘继明、夏榆等。《天涯》还有意识地引导年轻一代关注底层，组织了一个"1970年代人的底层经验"的小辑，发过《一个上海白领的心里话》等文章。另外，在具体的文学作品上，《天涯》也倾向底层和边缘的作者。比如新疆青年作家刘亮程，很多年一直默默地在新疆的一个偏僻乡村写作，写了一系列散文。《天涯》以前所未有的版面推出他的文章，并配以作家史铁生、李陀、李锐等的评论文字。还有安徽马鞍山的青年诗人杨键，本身是一个下岗工人，《天涯》从1996年起持续地发表他的诗作，如今他已具有广泛影响，被誉为"草根诗人"。①

《天涯》杂志的成功有目共睹。它的改版在当年被《新民晚报》评为1996年国内文坛十件大事之一；1997年《天涯》被《书城》杂志评为十二种精品杂志之一；1998年，央视《文化视点》栏目选评文学期刊，杂志主编蒋子丹应邀在该栏目介绍《天涯》。《天涯》在国际上也产生了很大影响。英国左翼理论家佩里·安德森、法国汉学家安

① 李少君：《〈天涯〉十年》，《文艺报》2006年10月28日。

妮·居里安、荷兰汉学家林恪、法国新小说派作家罗伯·格里耶等都曾访问《天涯》编辑部。美国哈佛、耶鲁、斯坦福、芝加哥,日本早稻田,德国海德堡等知名大学的图书馆以及汉学机构都成为《天涯》的长期订户。

同月,《马桥词典》定稿,发表于当年《小说界》第2期。接着,作家出版社发行了单行本。小说发表后,很快引起了学界的关注。海南大学社科中心和上海文艺出版社先后召开了作品研讨会。在上海方面的一再邀请下,韩少功出席了上海文艺出版社举办的研讨会。在会上,韩少功提到"词典体"并非他的首创。

《马桥词典》是韩少功的第一部长篇小说,也是对寻根期创作的一次超越。韩少功曾在访谈中说:"有人说你的《爸爸爸》不错,但再写十篇《爸爸爸》又有什么意思?这样,由各种因缘推动,90年代中期就出现了《马桥词典》。应该说,从这本书开始,形式主义的试验已经降温,象征、神秘、野性之类的审美冲动也可能有些减弱,但小说与非小说的文体杂交,使自己突然有一种豁然开朗的自由感,有一种甩掉现代主义这根拐杖的冲动。现代主义在中国是有功绩的,但依我看,也害惨了不少盲从者。

形式玩过了头，就成了一些有滋有味讲废话的人，成了一些不装弹的F16，刷刷刷倒是飞得让人眩目，但只是一些高科技风筝，在读者心里没有炸点。学我者生，似我者死。我们必须从死路上走出来。"①

《马桥词典》显在的意义在于，它隆重地开启了文体试验的大门，标示了韩少功创作的一个重要向度。这部长篇形式特别，以词典的形式结构文本，与后来的《暗示》构成了从形式到内容的互文性呼应。两部小说，形同姊妹，前者关注词语，后者阐释具象，一呼一应，浑然一体。形式的探索，其实是以打破西方小说体式、回归传统为旨归的。这种形式上的变化，其动机和意义都非同寻常。韩少功在《马桥词典》"枫鬼"一节中有段很有意思的说明："我写了十多年的小说，但越来越不爱读小说，不爱编写小说——当然是指那种情节性很强的传统小说。那种小说里，主导性人物，主导性情节，主导性情绪，一手遮天地独霸了作者和读者的视野，让人们无法

---

① 张均、韩少功：《用语言挑战语言——韩少功访谈录》，《小说评论》2004年第6期。

旁顾……于是,我经常希望从主线因果中跳出来,旁顾一些似乎毫无意义的事物,比方说关注一块石头,强调一颗星星,研究一个乏善可陈的雨天,端详一个微不足道而且我似乎从不认识也永远不会认识的背影。起码,我应该写一棵树。"显然,这种革新,意在反叛日益僵化的现代小说形式,力图开创一种新的话语组织方式。这种话语组织方式应当有更宽广的视野,能容纳更多"微不足道"的东西,即近乎以一种人类学学者的眼光去审视人及周遭的一切。

《马桥词典》甫一发表即激发起学界阐释的热情。南帆认为,语言即家园,在文本与马桥世界间有着复杂的互动关系:"马桥藏匿在一部《马桥词典》里面。不翻开这部词典,人们无法进入马桥的历史。……人们可以经由那条'官道'进入马桥的地界,走上大街小巷,看到马桥的生活外观;可是,只有《马桥词典》才意味着马桥的文化生态学。这部词典保存着马桥人的一系列生活观念,诸如他们想象之中的政治,性,情爱,吃,社会,如此等等。换言之,这部词典是马桥人的精神地平线。词典里面的词条敞开了马桥生活的纵深,同时也成为马桥生活的囚禁之所。"①张新颖认为《马桥词典》展示了一种与众不同的叙事立场："词典这种形式,暗含了韩少功的态度:他放弃了那种以一己的观念去统摄一个世界的做法,他不想把这个世界修理得整整齐齐,在每一个地方都打上自己的烙印,以此来显示个人的存在和能力——不仅小说家习惯于此,日常生活中我们每个人又何尝不是如此呢——他选择了词典这种形式,也就是选择了一种对世界的谦恭的态度。在这种态度下,世界才会尽可能地完整呈现出来,世界的枝枝蔓蔓才可能不遭受刀砍斧削之刑被保留下来,世界的暗角才有希望透进些微的光亮。"②王蒙认为,韩少功力图为"每一件东西"立传的宣言石破天惊。这是一种无所不包的视野,是将小说逼近宇宙的努力,这里似乎还有一点格物致知的功夫,所以确是野心勃勃。③ 而且王蒙敏锐地察觉到《马桥词典》与中国传统的密切联系:"韩书的结构令我想起《儒林外史》。它把许多个各自独立却又味道一致的故事编到一起。他

① 南帆:《〈马桥词典〉:敞开和囚禁》,《当代作家评论》1996 年第 5 期。
② 张新颖:《〈马桥词典〉随笔》,《当代作家评论》1996 年第 5 期。
③ 王蒙:《道是词典还小说》,《读书》1997 年第 1 期。

的这种小说结构艺术,战略上是渺视传统的——他居然把小说写成了词典。战术上却又是重视传统的,因为他的许多词条都写得极富故事性,趣味盎然,富有人间性、烟火气,不回避食色性也,乃至带几分刺激和悬念。他的小说的形式虽然吓人,其实满好读的。读完全书我们会感到,与其说作者在此书里搞了现代法兰西式反小说反故事颠覆阅读,不如说是他采取了一种东方式的中庸、平衡、韩少功式的少年老成与恰到佳处。"[1]邓晓芒则认为:"《马桥词典》作为韩少功寻根意识的一种新型体现,与他前期的寻根意向处于严重的背反之中,而这种背反最集中地体现在该《词典》本身里面。……他竟想避开他在《爸爸爸》中凭直觉所领悟到的民族文化失语的痼疾,而将一切'爸爸爸'、'妈妈妈'和各种言(语)有尽而意无穷的声音气流都诠注为一个有序的语言系统、一部'词典',这确实太勉为其难了。……勿宁说,这种多余的形式只不过表明韩少功在紧紧追随西方现代和后现代回归意识、尤其是语言学寻根倾向(如海德格尔对古希腊语的追

---

[1] 王蒙:《道是词典还小说》,《读书》1997 年第 1 期。

寻)的热情和关注中走岔了路。但幸好,由于他并未完全背离自己的艺术直觉,他在这种有问题的理论引导下仍然作出了一些相当深入的挖掘,其中最有意义的挖掘是:中国人(以马桥为代表)数千年来赖以生活的其实并不是什么语言,而恰好是那些操纵语言、扭曲语言、蹂躏语言、解构语言的东西,这些东西有时躲藏在语言底下,但往往也凌驾于语言之上,它们可以是极其原始、鄙陋、强横、不容'商量'的东西(痞),也可以是极其温存、神秘、高雅和脉脉含情的东西(纯情),总之是只可意会、不可言传、意在言外、言去意留的东西。"①

荷兰汉学家林恪认为,韩少功的《爸爸爸》、《女女女》、《归去来》等作品凸显了主观的表达与形式,即关注怎样写,而不是写什么的现实主义准则。《马桥词典》正是这一新进程的阶段性产物。这部词典形式的小说使得形式实验达到了一个新的高度,许多主题也正是韩少功之前的作品共同关注的。通过关注词语而非其所指的事物,词典形式使韩少功更强烈地呈现了庄子式语言

---

① 邓晓芒:《沉默的马桥》,《书屋》1997年第6期。

的相对性与含糊性。一方面,许多词汇本身呈现了理性与非理性混合的楚文化状态;另一方面,韩少功也关注这些词是怎样接受社会或历史语境的意义的。这些,他是通过词典与小说、小说与散文的有趣结合来完成的。[①]

4月,韩少功回访当年下放劳动的汨罗市(县),为以后建房安居选址。

12月5日,北京《为您服务报》同时刊登了张颐武的《精神的匮乏》和王干的《看韩少功做广告》两篇文章。

张颐武说:"天下事往往无独有偶,有《红楼梦》名满天下之后,就有一哄而起的《红楼续梦》《红楼圆梦》之类,试着分享《红楼梦》的一份光荣。这里当然有掩盖不住的生意眼光和借前人之名扩大自己影响的想法。但读书人的天真单纯之处在于读书者并不试着抹去前人的光彩,往往还承认总是独创者比自己高明,那用意也不过是分一点光荣而已。但现在某些作家似乎更加大胆,明明

---

① Mark Leenhouts, *Leaving the World to Enter the World*: *Han Shaogong and Chinese Root-Seeking Literature*, Leiden: CNWS Publications, 2005, p. 84.

是一本粗陋的模仿之作，却被大吹大擂为前无古人的经典。这种作风不能说是怎样'崇高'，只能说是极度的精神匮乏与极度的平庸。这里指的是韩少功先生的小说新作《马桥词典》。这部被一些批评者以热烈的歌颂称为'杰作'、'后现代主义'的文本的著作，却不过是一部十分明显的拟作或仿作，而且这是隐去了那个首创者的名字和首创者的全部痕迹的模仿之作。塞尔维亚作家米洛拉德·帕维奇于1984年发表了一本题为《哈扎尔辞典》的著作……'哈扎尔'是一个特定地域中已湮没的民族。他们的精神世界及生活被以词条的形式加以表现。但在韩少功这里，词典的形式和由词条引出故事和哲理思考的方式被完全套用了。只是它不再是'哈扎尔'的词典。……这个说法全无根据，我只能说它是完全照搬《哈扎尔辞典》。在这位名叫帕维奇的塞尔维亚作家面前，中国作家韩少功无疑是一个模仿者。"[①]王干的文章则批评韩少功发表在《扬子晚报》上的《第一本书之后——致友人书简》，称这是在借用报纸版面为自己主编的《天涯》做

---

① 张颐武：《精神的匮乏》，《为您服务报》1996年12月5日。

广告。同时,他与张颐武一唱一和,认为韩少功的《马桥词典》模仿了国外一位作家的作品:"从理论上讲,韩少功做免费的广告是成功而合理的,他借助自己的有效身份,利用自己的有效版面,把握读者的有效成分,把《天涯》推销到合理的方位。他的《马桥词典》模仿一位外国作家,虽然惟妙惟肖,但终归不入流品,但也已广告满天飞,仅一位海南作家就在全国各种不同的报纸上发表了完全一样或大同小异的文字加以热烈吹捧,此类行迹,不过是《天涯》广告的又一延伸而已。"①

12月15日,曹鹏在《服务导报》上发表署名"文敬志"的文章《文艺界频频出现剽窃外国作品的公案》,该文说:"张颐武指出……韩少功的词典全盘袭用了人家的形式和手法,甚至内容都照搬",并由此认为,《马桥词典》剽窃外国作品"情况无可回护"。

12月16日,中国文联第五次全国代表大会和中国作协第四次全国代表大会在北京召开。文联与作协已经十二年未召开全国代表大会,可以想见其隆重与热烈程

---

① 王干:《看韩少功做广告》,《为您服务报》1996年12月5日。

度。但会议的第二天,会议代表们就收到一份与会议无关的《文汇报》,报上有一行醒目的标题:"《马桥词典》是抄袭之作吗? 张颐武有此一说,韩少功断然否认"。《文汇报》的消息来源于两天前南京《服务导报》上署名"文敬志"的《文艺界频频出现剽窃外国作品的公案》一文。而后者的消息自然就来自前述张颐武的文章。指控者不太光明磊落的手段激起许多与会作家的愤怒。随后,蒋子龙、南帆、方方等在《文汇报》发表文章进行有力回击。史铁生、何志云、汪曾祺、蒋子龙、方方、李锐、蒋韵、何立伟、迟子建、余华、乌热尔图等作家联名向中国作家协会作家权益保障委员会写了一封信。信中说:"很多作家批评家认为由张颐武发端的这些指责毫无依据,极不严肃,是丧失批评道德的不实之词。……鉴于这一事件已经超出批评的范围而牵涉到作家正当权益,我们吁请贵会聘请权威性的专家组成评审委员会,对韩少功的《马桥词典》给予公正评审,就韩少功是否'抄袭'、'剽窃'、'完全照搬'的争议得出结论便公之于众。"①

---

① 著者按:这份材料来自于韩少功,此信尚未公开刊布。

12月20日，俞果在《劳动报》上发表《翻〈马桥词典〉，查抄袭条目》一文。该文散布和认定张颐武有关抄袭的言论。

"马桥事件"对韩少功创作影响不小。尽管如此，是年依旧有一定量的创作。散文主要有《完美的假定》(《天涯》1996年第1期)、《中西各有其"甜"》(《天涯》1996年第2期)、《我们还没有今天的孔子和庄子》(《陕西社会主义学院学报》1996年第3期)、《我的词典》(《中华读书报》1996年5月8日)，另有对话《词语与世界——关于〈马桥词典〉的谈话及其他》(与李少君对谈，《小说选刊》1996年第7期)。译作《惶然录》([葡萄牙]费尔南多·佩索阿著)发表于《天涯》1996年第6期。

是年，出版有小说《马桥词典》(作家出版社再版)、《韩少功自选集》(四卷，作家出版社)、《韩少功小说精选》(太白文艺出版社)，散文集《心想》(天津人民出版社)、《灵魂的声音》(吉林人民出版社)、《海念》(海南出版社)、《世界》(湖南文艺出版社)、《佛魔一念间》(北岳文艺出版社)。荷兰文版《爸爸爸》(Mark Leenhouts 译)由 De Geus 出版社出版。

1997 年　四十四岁

1月8日,《中华读书报》用整版的篇幅刊出总题为《岁末年初的"马桥事件"》的一组文章,其中有韩少功的一篇答记者问《他们终将向我道歉》。

1月26日,南帆在《羊城晚报》发表《令人失望的答辩》,对张颐武的相关观点进行反驳。

1月30日,《文艺报》刊载了张颐武的文章《我坚持认为——〈马桥词典〉模仿〈哈扎尔辞典〉》。张颐武声称有八条依据证明《马桥词典》模仿了《哈扎尔辞典》。这八条依据涉及小说形式、表现方法、整体风格、小说内容、语言观、时间观、具体的语言阐释、故事情节等方面。[①]

显然,事态在进一步发展。木弓、严昭柱、李大卫、何满子、韩石山、阎晶明、李国涛等相继发表文章表达对张颐武的支持与同情。他们有个共同点,即都强调要允许

---

① 张颐武:《我坚持认为——〈马桥词典〉模仿〈哈扎尔辞典〉》,《文艺报》1997 年 1 月 30 日。

正常、健康的学术争鸣。现在看来,20世纪90年代,部分学人有关批评规则、尺度的界定,着实让人唏嘘不已。

3月,韩少功终于对几个月来持续不止甚至愈演愈烈的谣言浪潮做出法律反应,对制造与传播谣言并且拒不道歉的六被告(张颐武、王干、北京《为您服务报》社、《经济日报》记者曹鹏、上海《劳动报》社、湖北《书刊文摘导报》社)提起诉讼,控告六方侵犯了自己的名誉权,要求被告赔礼道歉,并赔偿损失人民币三十万元。

3月28日,海口市中级人民法院正式受理此案。之后,韩少功提起诉讼的动机:"对不大习惯讲道理的人,除了用法律迫使他们来讲道理以外,我想不出还有什么更好的办法。对分不清正常批评和名誉侵权的人,除了用一个案例让他们多一点法律知识之外,我也想不出什么更好的办法。"①

5月,到海南省琼海市挂职体验生活,任市委副书记。

---

① 韩少功:《让我们节省一点时间和精力》,《文艺报》1997年5月17日。

12 月 23 日,海口市中级人民法院开庭审理韩少功长篇小说《马桥词典》名誉侵权案,六方被告中有五方未到庭,韩少功与到庭的第六被告湖北《书刊文摘导报》社当场达成庭外和解协议。根据协议,湖北《书刊文摘导报》社于协议生效之日起十五天内刊登向韩少功致歉的声明,韩少功撤销对该报的起诉。

是年,发表有散文《批评者的"本土"》(《上海文学》1997 年 1 月号)、《语言的节日》(《新创作》1997 年第 2 期)、《哪一种"大众"》(《读书》1997 年第 2 期)、《岁末恒河》(《作家》杂志 1997 年第 4 期)、《遥远的自然》(《天涯》1997 年第 4 期)、《阳台上的遗憾》(《美术观察》1997 年第 9 期)、《强奸的学术》(《青年文学》1997 年第 11 期),另有《〈风流铁骑〉序》(此文为植展鹏散文集《风流铁骑》序言,南海出版公司 1997 年版)、《一个有生命的萝卜》(此文为张柠《叙事的智慧》序言,山东友谊出版社)、《傩:另一个中国》(此文为林河《古傩寻踪》序言,湖南美术出版社),对话《九十年代的文化追寻》(与萧元对谈,《书屋》第 3 期)。自然,《强奸的学术》一文部分导因于"马桥事件"。此种情形下,当然分外怀念《那一夜遥不可及》中昔日那种创作者与批评者的鱼水关系。

是年,出版有《韩少功作品自选集》(漓江出版社)、《余烬》(山东友谊出版社)、《马桥词典》(上海文艺出版社)、繁体字版《马桥词典》(台湾中国时报出版公司,获《中国时报》该年度最佳图书奖)、繁体字版《马桥词典》(香港三联书店,获《联合报》该年度最佳图书奖)。

1998 年　四十五岁

2 月,韩少功请辞海南省政协常委与省政协文史委员会主任,获准。

5 月 18 日,海口市中级人民法院作出一审判决:《马桥词典》与《哈扎尔辞典》是内容完全不同的两部作品;被告张颐武、北京《为您服务报》社、《经济日报》记者曹鹏、上海《劳动报》社应向《马桥词典》作者韩少功道歉并分别赔偿经济损失一千七百五十元,王干发表的《看韩少功做广告》一文,其内容不涉及对韩少功名誉权的侵害。

8 月 23 日,因诉讼双方上诉,海南省高级人民法院就有关韩少功长篇小说《马桥词典》的名誉侵权案下达了终审判决书。判决书维持一审法院对张颐武、北京《为您服务报》社、《经济日报》记者曹鹏、上海《劳动报》社等四被告侵权认定的同时，改判王干履行同案被告张颐武同样的义务。海南省高级人民法院二审认为，原审被告王干在《看韩少功做广告》一文中，明显地表达了韩少功有授意他人对《马桥词典》加以热烈吹捧之意，且已广告满天飞，该文标题也直截了当地称"韩少功做广告"，客观上把韩少功置于一种搞"友情评论"的不道德境地，却无证据支持，已构成对韩名誉权的侵害。这样，"马桥诉讼"历时两年，经张颐武等被告两次管辖异议、一次回避申请、一次抗诉申请等周折，终于两审全部结束，有了最后的结果。出于重在教育、与同行和解的目的，韩少功并没有申请执行处罚。

"马桥事件"就此告一段落。有些批评家的回应文章值得我们略作回顾。

李少君的文章很有针对性，逐条反驳了张颐武所谓的八条依据。兹列举一二："比如张先生认为《马》书模仿了《哈》书'现实与神话结合'的整体风格。然而韩少功这种风格最早见于《归去来》、《爸爸爸》等作品，被评论家们指认为'楚文化的神话系统'（凌宇语）、'寓言'（季红真语）、'虚实相同、扑朔迷离'（李庆西语）、'魔幻'、'神秘主义'（鲁枢元语）、'现实与幻想的交融'（王蒙语）等等，均是八十年代的事，远在《哈》书在中国译介之前，如何模仿？""比如张先生认为《马》书中'罗人的消失'模仿了《哈》书中'哈扎尔人的消失'，罗人留下的'一些青铜器'模仿了哈扎尔人留下的'一堆钥匙'。然而韩少功最早写到'罗人'、'罗地'、'罗家蛮'战败后的消失以及他们遗留下来的'铜矛铜链'，见于小说《史遗三录》序言部分，是1985年的事，比《哈》书在中国出版整整早了九年，如何模仿？""又比如，张先生认为《马》书模仿了《哈》书'语言不可交流的观念'。然而韩少功并非由《马》书第一次表达类似的观念。他在《夜行者梦语》文集序中说：'语言符号是与真实或多或少地疏离'，'语言使人们的真知与误解形影相随'等等，这是1992年的事，比《哈》书在中国出版也早了两年，如何模仿？"[1]

---

[1] 李少君：《查时间先后　说形式模仿》,《文学自由谈》1997年第6期。

在这件事上,野莽的回忆文章值得注意。野莽回顾说,1993年韩少功刚从法国回来就写信给他,顺便提起正在尝试写一部用词条结构的长篇小说。野莽还想要过来,但韩少功已将其许给作家出版社了。而《哈扎尔辞典》在中国的首次译介却是1994年。[①] 显然,所谓抄袭是无中生有的。

国际比较文学协会前主席和欧洲科学院院士佛克马(Douwe Fokkema)教授在接受访谈时谈到:"当代文学创作,我想对我触动极大的是莫言、王安忆以及韩少功等作家的原创性。我这一印象当然是基于我最近所读过的作品。韩少功的《马桥词典》给我留下了非常深刻的印象。他的作品一方面坚实地立基于中国的传统,另一方面,我认为他也有意识地使用了西方现代主义和后现代主义的一些创作手法。……记得韩少功曾被人控告剽窃而上了法庭,为自己辩护,你或许听说过吧。我比较过这两部'词典'。我必须指出,韩少功的'词典'与帕维克(按:即

———————

① 野莽:《派人去汩罗江寻找隐士韩少功》,《城市文艺》(香港)2008年第4期。

171

帕维奇)的完全不一样。韩少功确确实实写出了一部原创性作品。并且在我看来(当然这完全是我的个人判断),《马桥词典》是一部比那位塞尔维亚-克罗地亚作家的'词典'更具价值的作品。"①

佛克马的说法也得到文学史的印证。当下,大多数的文学史都会专门介绍《马桥词典》。这部作品已经成为当代文学中具有代表性的重要经典。2014 年由漆永祥主编,钱理群、曹文轩审定的《大学国文选本》(北京大学出版社),甚至将《马桥词典》确定为中国当代唯一入选的长篇小说(节选)。

9 月 9 日,上海第四届长中篇小说优秀作品大奖宣布评选结果,《马桥词典》获长篇一等奖。

是年,发表有散文《亚洲经济泡沫的破灭》(《天涯》1998 年第 1 期)、《第二级历史:"酷"的文化现代之一》(《读书》1998 年第 2 期)、《第二级历史:"酷"的文化现代之二》(《读书》1998 年第 3 期)、《熟悉的陌生人》(《天涯》

---

① 生安锋:《文学的重写、经典重构与文化参与——杜威·佛克马教授访谈录》,《文艺研究》2006 年第 5 期。

1998 年第 3 期)、《工具,有时也是价值》(《琼州大学学报》1998 年第 4 期)、《译后记》(译作《惶然录》的后记,《书屋》1998 年第 5 期)、《读梦者——序〈黑狼笔记〉》(《书屋》1998 年第 5 期)、《公因数、临时建筑以及兔子》(《读书》1998 年第 6 期)、《作者的性格型智障》(《湘江文学》1998 年第 12 期),对话《文学的追问与修养——韩少功访谈录》(与蓝白、黄丹对谈,《东方艺术》1998 年第 5 期)等。

是年,出版有《韩少功散文》(两卷,中国广播电视出版社),小说与散文集《真要出事》(中共中央党校出版社再版)、《精神的白天与黑夜》(泰山出版社),《故人》(湖南师范大学出版社)。日文版《爸爸爸》(加藤三由纪译)入收藤井省三编《现代中国短编集》(平凡社 1998 年版)。

1999 年　四十六岁

10 月下旬,在海南省三亚南山主持召开"生态与文学"国际研讨会。三十多位来自中国以及美、法、澳、韩等国的作家和学者与会,张炜、李锐、苏童、叶兆言、格非、乌热尔图、方方、迟子建、蒋韵、黄灿然、蒋子丹等均参加了此次研讨会。25日晚,在三亚市南山生态文化苑,参加这次会议的部分学者在求同存异的原则下,就环境-生态问题又进行了进一步座谈。参加这次座谈的有黄平(《读书》杂志执行主编)、李陀("当代大众文化批评丛书"主编)、陈燕谷(中国社会科学院文学所副研究员)、戴锦华(北京大学中文系教授)、王晓明(华东师范大学中文系教授)、陈思和(复旦大学中文系教授)、南帆(福建省社科院文学所所长、研究员)、王鸿生(河南省文学院研究员)、耿占春(海南大学文学院副教授)等。会议产生总结性文件《南山纪要:我们为什么要谈环境-生态?》(后有英、日、法等多种译本)。与会者戴锦华后来追忆,这是她一辈子中参加过的最有成效和最有意思的会议之一,以至开了六天以后人们还恋恋不舍。

是年,发表有散文《乏味的真理》(《芙蓉》1999年第2期)、《自我机会高估》(《芙蓉》1999年第2期)、《国境的这边和那边》(《天涯》1999年第6期)、《感觉跟着什么走?》(《读书》1999年第6期),书信《韩少功致本刊的一封信》

174

（《芙蓉》1999年第3期）等。

是年，出版有译作《惶然录》（上海文艺出版社）、繁体字版中短篇小说集《韩少功》（香港明报出版社）。英文版《归去来》（Jeanne Tai 译）入收《自我之所在：中国、中国香港、新加坡的自我故事》（Oxford University Press [New York]1999年版）。

20世纪90年代是韩少功散文创作的一个高峰。评论家南帆在《诗意之源——以韩少功二十世纪九十年代的散文为中心》一文中对韩少功这一时期的散文创作进行了总体性研究。文章开篇对韩少功散文创作的总体特征进行了概括："许多迹象表明，'思想'正在韩少功的文学生涯之中占据愈来愈大的比重。如何描述韩少功的文学风格？激烈和冷峻，冲动和分析，抒情和批判，浪漫和犀利，诗意和理性……如果援引这一套相对的美学词汇表，韩少功赢得的多半是后者。'思想'首先表明了韩少功的理论嗜好。尼采、萨特以及福柯、德里达这些理论家的名字不时出现于他的笔下。韩少功曾经引为自豪的数学能力至少部分地转入理论的逻辑辨析。另一方面，韩少功始终对于民族、国家、社会、族群、公共空间保持不懈的注视。这使他的思想规模远远地超出了'内心'、'自我',或者语言、文本和形式。"①南帆要关注的一个核心问题是:哪些信念充任了韩少功思想之中的第一大前提。在20世纪90年代初,韩少功肯定的对象远不如他的否定对象明晰。第一大前提的模糊使这时的韩少功无法成为一个捍卫型的作家。尔后更多的资料证实,韩少功是在一种复杂的思想结构之中抵抗"价值真空",持续地思索第一大前提。用韩少功自己的话说,这是"一个文化大国的灵魂之声"。他甚至因此盛赞张承志与史铁生,尽管他与这两位作家如此地不同。南帆说,韩少功的思想搜索扇形地展开。然而,令人惊奇的是,他时常自觉不自觉地返回圆心——人性的质量。"好人主义"正在愈来愈明晰地充当了韩少功思索的首要问题。韩少功不无曲折地从《熟悉的陌生人》中那个"牺牲者"身上看出了社会的自我修复功能——这是舍弃个人而保全大局的典范。"紧张的思想探索之中,韩少功重新从历史传说的深处发

---

① 南帆:《诗意之源——以韩少功二十世纪九十年代的散文为中心》,《当代作家评论》2002年第5期。

现了这种人物——这个无名烈士意味了英雄形象的复出。对于韩少功说来,这或许同时是抒情与诗意的恢复。可以相信,这种人将久久地在韩少功的思想之中占据一个至高的位置。这是韩少功一系列思想的缘起,也是他寄寓情怀的象征。"[1]

2000 年　四十七岁

1月,韩少功请辞海南省作协主席与《天涯》杂志社社长,获准。时任省委分管领导的蔡长松在了解了他的真实想法后,给了六字评价:"理解,赞赏,支持"。

5月,迁入湖南省汨罗市八景乡新居。

其实,早在"马桥事件"期间,韩少功与妻子就开始在乡村寻找落户之处,想避开一些都市应酬和机关会议。起初,他们考虑过海南农村,但因语言上的阻隔放弃了。最终他们选择了汨罗八景乡。此地是一水库区,风景如

---

[1] 南帆:《诗意之源——以韩少功二十世纪九十年代的散文为中心》,《当代作家评论》2002年第5期。

画,民风淳朴,而且与当年韩少功下乡之地很近。当地政府对他的再次"插队"相当欢迎,慷慨地打算拨一块地给他盖房。但韩少功坚持以两千块一亩的价格将八景峒水库旁边的一块荒地买了下来。之后,他就委托下乡时的农友老李监工,开始盖房。韩少功希望盖一座真正的"青砖"瓦房。因为在他看来,中国古代以木柴为烧砖的主要燃料,烟"呛"出来的青砖是秦代的颜色,汉代的颜色,唐宋的颜色,明清的颜色。这种颜色锁定了后人的意趣,预制了我们对中国文化的理解:似乎只有在青砖的背景下,竹桌竹椅才是协调的,瓷壶瓷盅才是合适的,一册诗词或一部经传才有着有落,有根有底,与墙体得以神投气合。老李打电话说青砖烧好了,请韩少功过去一看。一到现场,让他大失所望,虽然近似青砖,但没有几块方正的,而且窑温不到位,一捏就粉。砖色也深浅驳杂。老李尴尬地告知,烧青砖的老工艺几近失传,就是这些不达标砖也是四处托人才烧制出来的。最终用这些砖修了围墙。楼房的主体只能退而求其次,用机制红砖来修了。其实,"青砖"不是没有,而是已成为都市人建房的装饰材料,变得出奇的昂贵。韩少功感叹,怀旧是需要成本的,一旦成本高涨，传统就成了富人的专利。① 对砖的挑剔并不意味着韩少功要在乡间修一栋时髦的别墅。在他这里，对自然的热爱与素朴的生活习惯是合为一体的。

农民们对他的到来甚为好奇，以为这个名人一定过着奢华的生活。但他们发现，这一家人竟然还穿着最普通的布鞋出入，在下地的时候穿的则是早就过时了的军用胶鞋。家里不多的家具也多是农家常见的木制产品，尤其是那个笨重的梓木沙发，树皮也尚未剥去，带有一点匪气与粗犷味。这位大作家还挑起了粪桶，全然不顾其恶臭。他依旧在坚持最为传统的耕作方式，而且还是个做农活的老把式。农民在惊异之后，久而久之也就有了由衷的钦佩之情。

对定居乡村一事，何立伟认为这与韩少功参佛悟道有一定关联："许多年前，少功出了一本小说集，由他的太太梁预立写的跋，我记得那跋里很含蓄地提到少功与她有一个梦想，这个梦想迟早要实现。写跋之时少功一家还刚刚南迁椰岛，新的生活同新的事业还刚刚开始，但显

---

① 韩少功：《怀旧的成本》，见《山南水北》，北京：人民文学出版社 2008 年版，第 29—31 页。

179

见得他的梦想与海南无关。我那时也听说过少功喜欢田园归隐的生活,他在长沙时有一位姓朱的朋友对佛学颇有研究,据说少功常同朱朋友一起到开佛寺与主持(著者按:原文如此,"主持"在此即指"住持")戒圆大师谈佛论道。朱朋友同少功的姐姐一起在江永农村当过知青,少功与他一起重返江永,一路之上的谈资莫不与佛家思想有关,就是那一次踏返,回来之后少功就写了《西望茅草地》。但是,也许有比一部小说的构思更重要的人生设计同生命觉悟也在那一段时期悄然产生了,亦殊未可料。我总隐隐有一种感觉:少功人格里出世的东西比入世的东西更多,也更真实。他对人生参悟得太透彻了,他知道生命的安栖之地在哪里。后来,也就是今年,少功辞去了海南作协主席和《天涯》社长等一干职务,真地归隐到湖南。据说他在他原先下放的农村造了房子,有山有水,茂林修竹,与世隔绝,沉潜于一派绿幽幽的绝尘的恬静之中。这就是她(著者按:应为"他")太太在那篇跋里提到的梦想么?"①

_____

① 何立伟:《忽然想起韩少功》,《上海文学》2000 年 12 月号。

若干年后,韩少功在接受访谈时谈到为何选择再次"上山下乡":"我在那时已住过十六个半年。最初只是想躲开都市里的一些应酬、会议、垃圾信息,后来意外发现也有亲近自然、了解底层的好处。说实话,眼下文坛氛围不是很健康的,特别是一个利益化、封闭化的文坛江湖更是这样。总是在机关、饭店以及文人圈里泡,你说的几个段子我也知道,我读的几本书你也读过,这种交流还有多少效率和质量可言?相反,圈子外的农民、生意人、基层干部倒可以让你知道更多新鲜事。这里的个人原因是,我从来就有点'宅',不太喜欢热闹,经常想起一个外国作家的话:每当我从人多的地方回来,就觉得自己大不如以前了。"①

韩少功很快就成为乡村礼俗社会有机的一分子。他运用自己的能量尽可能改观村治人伦,在此意义上,他并不是卢梭意义上的对"自然"、"野蛮"的纯粹赞颂者,而是积极主动的介入者。他与农民一起斟酌诗词对联,与村

---

① 韩少功、王雪瑛:《作家访谈:文学如何回应人类精神的难题》,《当代作家评论》2016年第2期。

干部一起商讨管理事务,还做过一些教师和乡村干部的培训工作。曾捐资给无学费者(取消义务教育阶段学费之前),救济过孤儿,给学校所有学生宿舍配置橱柜,给学生乐团购置乐器,给敬老院配置保暖床垫、修鱼池和围墙。曾捐资给大同村和智峰村修路、修便桥、修水渠等。还曾先后给大同、智峰、高华三个村牵线搭桥,分别引入政府和社会资金进行基础建设,总投入约三四百万元。这种介入为他赢得了"韩爹"的敬称。

当然,从一个陌生的外来者到成为"韩爹",中间还是有些微妙的心理转换的,"正如城里人对韩少功回到农村的选择大惑不解,当地人也曾对他议论纷纷,有人认为他不知犯了什么错误,被处分遣送到这里来;有人怀疑他是个特务,到农村里探测些什么;甚至有人怀疑他脑袋有问题,当乡里的人都往城市跑时,他却住到农村里,莫不是有病? 村民对他的种种怀疑,韩少功视之为好事,因为有疑问才会有进步。现在当然没问题了,城里人觉得韩少功很潇洒,八溪峒的村民呢,从怀疑他到接受他,甚至已把他当作自己人。韩少功笑道:'他们还要给我一块地,做我将来的坟墓,地点在山坡还是平地,都为我考虑周详。'所谓生死事大,八溪的原住民就是用同生共死,把他看作兄弟的这种热情表示欢迎他"。①

显然,韩少功成就了一种逆时代而行的生存美学,在法国国家图书馆所作的题为"进步的回退"的演讲,可看作是他生存之道的一个小小注脚。与农民比较起来,他都有"落伍"的嫌疑——依旧穿着乡村开始废弃的布鞋,依旧用着最为原始的粪肥,依旧在客厅里摆放着囫囵的梓木坐椅。与城里的书生比较起来,他又是重新挽起裤腿走向田地的"落伍"者。作为文人,他炫示的不是某部高头讲章,而是"黑汗水流"换来的蔬果产量。

与乡野的近距离接触,为韩少功的创作增添了新的活力。随后几年,创作有短篇《老狼阿毛》、《方案六号》、《是吗》、《土地》、《801室故事》、《月光两题》、《白麂子》、《生离死别》,中篇《兄弟》、《山歌天上来》、《报告政府》等。这一阶段的小说乡土色彩浓重,但又明显不同于五四时期的乡土文学。鲁迅曾在《中国新文学大系·小说二集》

---

① 李洛霞:《韩少功的田园生活与文化思考》,《城市文艺》(香港)2008年第4期。

的序言中说:"蹇先艾叙述过贵州,斐文中关心着榆关。凡在北京用笔写出他的胸臆来的人们,无论他自称为用主观或客观,其实往往是乡土文学。"[1]当时的乡土文学是以怀乡、思乡、忧国、忧民为精神内核的,自然有太多的辛酸故事。韩少功身居乡土,没有身处异地的模糊思念,往往能详尽地描绘眼前的各样事物。犬豕马牛,草木鸟兽,样样都能引起他的兴趣。如《土地》、《月光两题》等作品,就直接摹写农人生活,许多村野物事历历在目,成为韩少功笔墨关注的焦点。甚至于《土地》中的芥菜,《空院残月》中的南瓜,都是文本中不可缺少的部分。韩少功还依托乡土来构建他理想的人性世界。这好比沈从文要凭依湘西建造一座希腊小庙来供奉人性一样。这种构建与对城市病态文明的批判是同步进行的。在《老狼阿毛》中,宠物狗阿毛长久呆在城市,失去了兽性,处处受到动物们的鄙视和嘲弄,以至于最终被开除出动物的行列。《是吗》中,学人们因嫉妒而倾轧,并从倾轧中寻乐子,最

---

① 鲁迅:《中国新文学大系·小说二集》"序",上海:上海文艺出版社1981年版,第3页。

后还是作践了自己。作品活脱脱绘就了一幅新时代的"八骏图"。中篇小说《山歌天上来》中的民间艺术家毛三寅,更是一个野性不改、调皮固执的大小孩。他最后的凄凉谢世,自然包含有作者对现代文明压制个性的控诉与不满。除了批判,韩少功也隐约发现了理想或近于理想的人性。这在打鱼的姐弟俩(《月下桨声》)、刘长子(《空院残月》)、李得孝(《土地》)等人物身上若明若暗地表现了出来。

9月,在有关方面劝说之下,在海南省文联换届选举中出任主席,但获准适度超脱日常行政工作,半年在岗,半年下乡。据老领导蔡长松后来说,他答应过韩少功退出行政工作的请求,并不想食言,但在换届选举的摸底推荐时,韩少功得票实在太高了,比第二名要远远高出一大截,所以没办法,还是只能找他。

是年,发表有短篇小说《老李醉酒》(《民间故事选刊》2000年第9期),散文《依附与独立》(《中国新闻周刊》2000年第27期),对话《思想的声音——韩少功谈话录》(与何羽、郑菁华、陈博夫对谈,《新作文(高中版)》2000年第Z1期)、《关于〈马桥词典〉的对话》(与崔卫平对谈,

《作家》杂志 2000 年第 4 期)、《韩少功访谈录》(与许风海对谈,《博览群书》2000 年第 6 期)等。

是年,出版有《心想》(西苑出版社)。法文版《山上的声音》(Annie Curien 译)由 Gallimard 出版社出版,该书在网上被评为该年度十本法国文学好书之一。英文版《余烬》(Thomas Moran 译)入收《裂隙:今日中国写作》(Zephyr Press 2000 年版)。

《马桥词典》被海内外各方专家推荐为中国二十世纪小说百部经典之一。

2001 年 四十八岁

是年,发表有中篇小说《兄弟》(《山花》2001 年第 1 期),散文《你好,加藤》(《天涯》2001 年第 2 期)、《杭州会议前后》(《上海文学》2001 年 2 月号)、《好“自我”而知其恶》(《上海文学》2001 年 5 月号)、《镜头的许诺》(《天涯》2001 年第 5 期)、《后革命的中国》(《上海文学》2001 年 6 月号)、《经济全球化:国家化的放大?》(《金融经济》2001 年第 10 期)、《伪小人》(《领导文萃》2001 年第 10 期)、《人情超级大国（一）》（《读书》2001年第12期），对话《返归乡村　坚守自己——韩少功近况访谈录》（与黄灯对谈，《理论与创作》2001年第1期）等。

是年，出版有《爸爸爸》（时代文艺出版社）、《韩少功小说精选》（太白文艺出版社）、《韩少功文库》（十卷，山东文艺出版社）、中短篇小说集《领袖之死》（北岳文艺出版社）。法文版《爸爸爸》（Noël Dutrait译）由 L'Aube 出版社再版。另有繁体字版译作《惶然录》由台湾中国时报出版公司出版。

《兄弟》表明，"革命"在商品大潮下，遭遇了另一重尴尬。这与当年韩少功对革命的批判与反思形成了现实层面更尖刻的谑仿。当下媚俗的语境使得革命本身面临潜在的解构。《兄弟》中，罗汉民在"文革"时期的冤死，反倒成了其兄罗汉国眼下炒作获利的噱头，成全了他的声誉与银两。这样，韩少功看取革命的方式，形成了一个螺旋式回环结构——由以前对"革命"天真烂漫地认同，到策略性地批判"革命"与"革命"主体本身，再到当下对革命精神流丧的同情及一定程度上对其复归的期许。

2002 年　四十九岁

4 月,获法国文化部颁发的法兰西文艺骑士勋章。

是年,发表有长篇笔记小说《暗示》(《钟山》2002 年第 5 期),散文《人情超级大国(二)》(《读书》2002 年第 1 期)、《进步的回退》(《天涯》2002 年第 1 期,此文原为韩少功在法国国家图书馆的演讲)、《笔》(《语文世界》2002 年第 1 期)、《农民当网民》(《湖南农业》2002 年第 2 期)、《知识危机的突围者——〈穷人与富人的经济学〉代序》(《中国经济时报》2002 年 4 月 11 日)、《山之想(三题)》(《天涯》2002 年第 5 期)、《草原长调》(《天涯》2002 年第 6 期)、《从幻想到理想——看电视剧〈没有冬天的海岛〉》(《人民日报》2002 年 8 月 4 日)、《政治家的行为艺术》(《领导文萃》2002 年第 9 期)、《数据掩盖了什么》(《金融经济》2002 年第 9 期)、《我的写作是"公民写作"》(《南方周末》2002 年 10 月 24 日),对话《韩少功:不愿拘泥一法》(与萧文对谈,《中国青年报》2002 年 11 月 6 日)、《韩少功:我喜欢冒险的写作状态》(主持人舒晋瑜,《南方日报》2002 年 12 月 31 日）。

是年，出版有演讲集《进步的回退》（春风文艺出版社），中短篇小说集《韩少功读本》（花山文艺出版社）、《蓝盖子：韩少功代表作》（春风文艺出版社）、《暗示》（人民文学出版社，后来获得该年度华语传媒文学大奖的小说奖）。荷兰文版《马桥词典》（Mark Leehouts 译）由 De Geus 出版社出版。日文版《你好，加藤》（古川典代译）刊载于《蓝·BLUE》第 6 号。

《暗示》可以说与《马桥词典》遥相呼应。在与张均的对话中，韩少功说："写完《马桥词典》之后，感觉有些东西没有写完，当时就想写另外一本书，但想法模糊，不知道怎样动手。《马桥词典》的关注点是生活怎样产生了词语，词语反过来怎样制约生活，制约我们对生活的理解与介入。但这一点显然不够，因为还有言外之意。绕开语言我们仍然可以得到意义，信息的传播不一定要依靠语言。这是成了我写《暗示》的聚焦点。我必须重新回到生活中来，看一看我们的回忆、感受、想象、情感、思想是怎么回事，看一看具象是如何隐藏在语言里，正如语言是如何隐藏在具象里。你知道，从英国到美国，文学研究往往是在人和语言的两元框架里思考，《暗示》考虑的则是人、语言、具象这样一种三边关系，差不多是我做了一件不自量力的事情。在文体上，这本书同样是打破小说与散文的界限，甚至走得更远。"[1]

不过，有意思的是，在《暗示》中出现的大量的"象"并没有多少美感，甚至可以说主要是重重叠叠的恶"象"。这当中，社会生态的失衡、个人的沦陷、人间景象的衰败都分外醒目。毫无疑问，"言"（在《暗示》中可指代广义的符码）与"象"在《暗示》中表现出一种无可抗拒的紧张。作者曾将《暗示》当成《马桥词典》的姊妹篇，这种划分更多是从构思谋篇的角度（《马桥词典》侧重写"言"，《暗示》侧重写"象"）入手的。其实，稍作探究，不难发现两者在内涵上差别甚大。《马桥词典》是寻根文学的一种延续，它形成了风格独异的马桥世界。相对于《马桥词典》内部的宁静与协调，《暗示》则更多地表现了某种内在的冲突与紧张。它是韩少功作品中少有的几篇以都市为主要题材的作品之一。作为一个过渡性作品，《暗示》表露

---

① 张均、韩少功：《用语言挑战语言——韩少功访谈录》，《小说评论》
  2004年第6期。

了对都市"言"、"象"失调的不满,同时探测到了某种协调的可能。可以说,它在写作情理与时间的向度上昭示了日后创作《月光两题》《山南水北》等作品的潜在可能性。在这一系列作品中,回到简单、干净的乡土生活,意味着减少符码的粗暴入侵以及"象"的轮番轰炸。这也以反证的方式阐释了"言"、"象"不协调的因由:都市是符码膨胀及各类非自然之"象"恶性增生的地域,只有在乡间,才会有干净简洁、和谐融洽生活的可能。①

南帆认为,《暗示》蕴含了一个非常重要的有关符号压迫的主题:"大众传播媒介如此发达、语言符号如此丰富的时代,一批人运用语言符号压迫另一批人的条件已经完全成熟。种种语言符号体系之中,某一个阶层或者某一个族群的形象可能大幅度扩张,他们的声音回响于整个社会;相形之下,另一些阶层或者族群可能销声匿迹,既定的语言符号配置之中根本没有他们的位置。尽管他们人数众多,然而,语言符号的空间察觉不到他们的

---

① 廖述务:《仍有人仰望星空:韩少功创作研究》,北京:新星出版社2008年版,第199—200页。

踪迹。可以说，这是继经济压迫、政治压迫之后的语言符号压迫。在我看来，这是《暗示》之中另一个更为重要的主题。……在这个意义上，韩少功看到了另一种反抗的必要——语言符号的反抗。他以一个著名历史人物——墨子——的失败为反面例证说明了这一点。……尽管韩少功鞭辟入里地分析了墨家的命运，但是，他面对这个命题的时候仍然有些犹豫。'争夺'这个字眼或许并不是韩少功所喜欢的。对于语言符号与实在世界之间关系的焦虑有意无意地驱使韩少功返回一个想象：一个简单的、纯净的、没有种种繁杂的语言符号污染的世界。"①

李陀说："仔细读了这部书的人一定可以感受到作家对当代人和当代文明之间的荒诞关系的冷嘲热讽，以及在冷嘲热讽后面的脸色铁青的冷峻。我们似乎看到韩少功在努力微笑，但那微笑总是一瞬间之后就冻结在眉宇嘴角之间，而且，每当我们出于礼貌，或是出于本能，想回他一个微笑的时候，会在那瞬间感到一股从字里行间袭出的寒意，冰凉拂面，让你的笑意半道停住，进退不得。

---

① 南帆：《文明的悖论》,《文艺争鸣》2003 年第 1 期。

或许有的读者并不这样敏感，但是至少会感觉到在阅读中，自己和作家之间有一种一下说不清的紧张。我以为这种紧张是韩少功有意经营的结果，是他预期的效果：给你一个轻松读书的机会，但是你不能轻轻松松读我的书。"①

蔡翔则在大的历史背景下来考察《暗示》的文体解放功能。他认为，有关人的丰富性或者复杂性的观念，曾经在20世纪80年代帮助"纯文学"有效地挣脱了某种同一性的机械控制，进而解放了文学的想象力并且增强了小说的叙事功能。它导致了当代小说两种不同的叙事走向：一种是伦理的，善/恶在一个人的身上更为复杂地纠合在一起；一种是心理的，人的意识乃至潜意识在叙述中渐次被"呈现"出来（比如王蒙的《杂色》），进而确立了一种"内心叙事"的叙述模式。这两种叙事走向都使小说在主题"指认"上，具有了一种"模糊性"的美学特征，并且帮助确立了人的个体价值观念的立场。这种有关人的丰富性的观念，显然来自于某种知识谱系的支持，也就是有关

---

① 李陀：《〈暗示〉台湾版序》，见《暗示》（繁体版），台北：台湾联合文学出版社2003年版，第3页。

人的自律性、独立性和自足性的学说的支持,其本身就是"现代性"的一个相当重要的构成部分。在 20 世纪 80 年代,这种知识观念具有极大的历史合理性。问题在于,当这种知识观念走向它的极端时,尤其是形成了所谓"内部/外部"截然对立的学术神话,人与其存在语境的所有联系无形中也就被自然切断。人与其存在语境的联系中断,结果必然是人的抽象化程度加剧,个体性上升为一种新的普遍性。在这种新的普遍性的观念控制中,人的丰富性或者复杂性实际上已经不复存在。蔡翔认为:"《暗示》充斥着对这种知识谱系的怀疑,乃至挑战,个体的复杂性或者丰富性不再被固定在性格描写或者内心叙述上,也就是说,个人不再成为在某种知识观念控制下而渐渐形成的'固体'形态,而是开放的、'流动'的,人和他的存在语境(社会的、历史的、政治的、经济的、文化的、意识形态的,等等)的联系被再次有机地恢复,正是在这种联系中,人的复杂性或者丰富性才可能'呈现'或者'再现'。"①

---

① 蔡翔:《日常生活:退守还是重新出发——有关韩少功〈暗示〉的阅读笔记》,《文学评论》2003 年第 4 期。

《暗示》中"场景"、"家乡"、"座位"等节就表明："随着'内部/外部'截然对立或者截然隔绝的坚冰的打破,个体在某种知识观念的控制下而渐渐形成的'固体'状态也会因之瓦解。'边界'消失,个体恢复了和其存在语境的充满活力的自然的联系之后,人的全部的复杂性或者丰富性,也将因之在这种联系中渐次'呈现'或'再现'。……在个体和其存在语境之间,我想,《暗示》企图建构的可能是一种'交往/互动'的关系,在这种关系中,恢复人的全部的复杂性和丰富性,这样,必然要求文本呈现出一种开放的状态(即使在有关人的复杂性或者丰富性这一点上,我们也有权要求文学'对外开放')。"①

2003 年　五十岁

2月,当选海南省人大代表。

是年,发表有散文《草原长调》(《中国民族》2003 年

---

① 蔡翔:《日常生活:退守还是重新出发——有关韩少功〈暗示〉的阅读笔记》,《文学评论》2003 年第 4 期。

第 1 期)、《货殖两题》(《当代》2003 年第 1 期)、《〈进步的回退〉自序》(《当代作家评论》2003 年第 1 期)、《万泉河雨季》(《当代》2003 年第 3 期)、《文体与精神分裂主义》(《天涯》2003 年第 3 期)、《重说南洋》(《新东方》2003 年第 3 期)、《论白开水》(《南风窗》2003 年第 3 期)、《冷战后：文学写作新的处境——在苏州大学"小说家讲坛"上的讲演》(《当代作家评论》2003 年第 3 期)、《〈暗示〉前言》(《青海日报》2003 年 3 月 28 日)、《民主的高烧与冷冻》(《南风窗》2003 年第 4 期)、《岁月》(《遵义晚报》2003 年 5 月 15 日)、《我家养鸡》(《小说家选刊》2003 年第 12 期)、《心灵的再生和永生——序王厚宏〈感悟集〉》(《海南日报》2003 年 12 月 28 日)，对话《在妖化与美化之外的历史》(与王尧对谈，《当代作家评论》2003 年第 3 期，后获该刊理论作品奖)、《文化的游击战或游乐场》(与王尧对谈，《天涯》2003 年第 5 期)、《坚持公民写作》(与杨柳对谈，《中国国土资源报》2003 年 6 月 4 日)、《八十年代：个人的解放与茫然》(与王尧对谈，《当代》2003 年第 6 期)等。

　　是年，出版有理论集《韩少功王尧对话录》(苏州大学出版社),中短篇小说集《北门口预言》(江苏文艺出版社),随笔集《完美的假定》(昆仑出版社),繁体字版《暗示》(台湾联合文学出版社)。英文版《马桥词典》(Julia Lovell 译)由 Columbia University Press 出版。匈牙利文版《爸爸爸》(译者未知)由 Europa Konyukiado 出版社出版。日文版《归去来》(山本佳子译)刊载于《螺旋》第9号。

2004 年　五十一岁

5月,参与修建的八景乡大同村十华里公路竣工,为村民们题写纪念碑文。

12月,请辞中国作家协会全委委员、主席团委员,未获批准。

是年,发表有中篇小说《山歌天上来》(《人民文学》2004 年第 10 期),短篇小说《月光两题》(《天涯》2004 年第 5 期)、《月下桨声》(《文汇报》2004 年 7 月 14 日)、《是吗》(《上海文学》2004 年 9 月号)、《801 室故事》(《上海文学》2004 年 9 月号),散文《个性》(《小说选刊》2004 年第 1

期)、《技术》(《小说选刊》2004年第3期)、《〈中国当代作家面面观——灵魂与灵魂的对话〉序》(此文为《中国当代作家面面观——灵魂与灵魂的对话》序言,浙江文艺出版社2004年版)、《自述》(此文是韩少功2000年3月在法国举办的中国文学周上的发言,原题为"文学传统的现代再生",发言稿略作删节后载《小说评论》2004年第6期)、《一个作家眼中的全球化——韩少功在汨罗市乡镇干部会上的演讲》(《新民周刊》2004年第9期)、《生态的压力》(《羊城晚报》2004年9月7日),对话《历史:现在与过去的双向激活》(与王尧对谈,《小说界》2004年第1期)、《再启蒙:社会的破碎与重建》(与王尧对谈,《当代》2004年第1期)、《语言:展开工具性与文化性的双翼》(与王尧对谈,《钟山》2004年第1期)、《文学:文体开放的远望与近观》(与王尧对谈,《当代》2004年第2期)、《用语言挑战语言——韩少功访谈录》(与张均对谈,《小说评论》2004年第6期)、《廿年前的刺,廿年后的根》(与鲁意对谈,《中国图书商报》2004年6月25日)、《小说,太多的叙事空转与失禁》(与王尧对谈,《解放日报》2004年8月9日)等。

是年,出版有随笔集《阅读的年轮:〈米兰·昆德拉之轻〉及其他》(九洲出版社),《韩少功自选集》(海南出版社),小说集《韩少功中篇小说选》(上海社会科学院出版社)、《马桥词典》(人民文学出版社),译作《惶然录》(上海文艺出版社再版),繁体字版《韩少功中篇小说集》(台湾正中书局)。英文版《马桥词典》(Julia Lovell 译)由 Harper Collins 出版公司(澳大利亚)出版。荷兰文版《鞋癖》(Mark Leenhouts 译)由 Stichting Het Trage Vuur 出版公司出版。

《801室故事》是韩少功晚近的一个实验性文本。它在小说艺术的探索方面表现得相当突出。小说情节简单:河边惊现一无名女尸,身上的一串钥匙成为侦查重要线索。据此,警方搜索了某栋楼的801室。行文至此,若依据侦探小说的逻辑,应当展开复杂曲折、惊心动魄的调查。但作者似乎有意让我们"失望",笔锋一转,马上开始"不厌其烦"地介绍一个有关801室的装修方案。这一方案是警方搜索到的。方案内容的详尽罗列几乎占据了文本篇幅的三成左右。随之又介绍警方的搜查报告,内容也相当翔实。从报告可以看出,801室业主是个善于钻营、略具资财的中产阶层人士。因商场尔虞我诈,致使心力交瘁、精神负担过重。大堆的药物表明,业主有胃病,睡眠亦有严重障碍。另外,在多处家具上留有新旧刀痕,可见家庭暴力的频繁与激烈程度。不过,所有这些表述似乎都只是叙述者"老谋深算"的虚晃一枪。装修与搜查方案最终只是含糊不清地说明,抛尸案基本上与801室业主无关。在文本结尾部分,叙述者还不失时机地告知:这算不上一个故事,充其量只是一个故事的场景。当读者四处寻找人物的踪影,并为其缺席困惑不解时,文本末尾又给予提示——每一件物品都有故事,或者有某个故事的痕迹。所以,我们没有必要斤斤计较人物的缺失以及大团圆结局的暂时落空。

很显然,无论是情节设置、人物安排,还是结构组合、氛围营造,《801室故事》几乎都达到了小说叙事艺术探索的极限。从这个文本里,可以发现韩少功小说创作的一系列常用艺术手法,比如简洁明快的横截面法,出奇制胜的情节安排,物品的隐喻性显现,病态人物的"粉墨登场",以及神神鬼鬼惊悚氛围的营造等等。这些手法既使韩少功的小说在形式上出类拔萃,同时又使之兼具较强的可读性。

2005 年 五十二岁

是年,发表有中篇小说《报告政府》(《当代》2005 年第 4 期),短篇小说《白麂子》(《山花》2005 年第 1 期),散文《浑身有戏》(《山花》2005 年第 1 期)、《现代汉语再认识》(为韩少功在清华大学的演讲,演讲题为"现代汉语的写作",演讲稿改题后载《天涯》2005 年第 2 期)、《小说中的诗眼》(《天涯》2005 年第 4 期)、《土地》(《文学界》2005 年第 5 期),另有《为语言招魂》(此文为欧阳昱所译《英语的故事》序言,百花文艺出版社)、《找回南洋》(此文为蔡葩《有多少优雅可以重现》序言,山东画报出版社)。

是年,出版有演讲对话集《大题小作》(湖南文艺出版社),中短篇小说集《空院残月》(云南人民出版社)、《暗香》(中国社会出版社)、《报告政府》(作家出版社)、《爸爸爸——韩少功作品精选集》(台湾正中书局)。英文版《马桥词典》(Julia Lovell 译)由美国 Random House 旗下的 Bantam Dell 再版。

《报告政府》是韩少功在创作题材上的全新尝试。马原在谈到《报告政府》时说:"韩少功的《报告政府》我看了后很激动,几年前我也一直对监狱题材感兴趣,没想到韩少功居然写出了这个小说,一看名字就漂亮。我一个表弟是狱警,他说在监狱里,罪犯的日常用语就有这个词语'报告政府',这四个字就能看出作者的立场。……韩少功是我们这代作家中擅长思索的,尤其以以小见大著称,但《报告政府》至少在表象上看,他不留恋于思辨,一个接一个的动作,在细节上武装到牙齿,穿透掩饰与禁忌,一个官员怎么能对这个题材写得那么好,让人诧异,这是我看到他最让我激动的小说,比我青年时读索尔仁尼琴被禁打入冷宫,后出版震动朝野的中篇小说《伊万·杰尼索维奇的一天》还要棒。"①

2006 年　五十三岁

是年,发表有短篇小说《生离死别》(《山花》2006 年第 10 期),散文《"文革"为何结束?》(《开放时代》2006 年

---

① 马原:《〈报告政府〉让我看得激动》,《新京报》2006 年 12 月 22 日。

第 1 期)、《山居心情》(《天涯》2006 年第 1 期)、《山之想
(三题)》(《绿叶》2006 年第 1 期)、《我们傻故我们在》(《天
涯》2006 年第 2 期)、《语言的表情与命运》(《南方文坛》
2006 年第 2 期)、《展望一片明丽辽阔的水域》(《海南日报》
2006 年 2 月 19 日,此文为海南出版社"海岸文丛"总序)、
《情感的飞行》(《天涯》2006 年第 6 期),访谈《"有一种身份
是不能忘记的,那就是公民身份"》(与夏榆、马宁宁对谈,
《南方周末》2006 年 5 月 25 日)。

　　是年,出版有《韩少功作品精选》(长江文艺出版社)、
《韩少功精选集》(北京燕山出版社)、《爸爸爸》(人民文学
出版社)、《归去来》(春风文艺出版社)、《马桥词典》(春风
文艺出版社)、《然后》(中国社会出版社)、《山南水北》(作
家出版社)。日文版《月光两题》(加藤三由纪译)刊载于
《火鍋子》①第 67 号;日文版《暗香》(加藤三由纪译)收入
《ミステリー・イン・チャイナ——同时代的中国文学》
(东方书店 2006 年版)。西班牙文版《马桥词典》(Claudio
Molinari 译)由 Kailas 出版公司出版。

---

① 著者按:"鍋"字乃根据刊影照录,此处不作"锅"字。

《山南水北》在韩少功的写作史上具有特别重要的地位。韩少功在世纪初写过《老狼阿毛》、《方案六号》、《801室故事》等以城市为背景的小说。毋庸置疑,这些文本展示出了他叙事技巧的娴熟与老辣,但也显示了刻意求新的尴尬与困境。在多种场合,韩少功亦毫不避讳"小说越来越难写"的怨叹与隐衷。从历史总体性解脱出来的作家们,为形式而癫狂,完全没有意识到一种新的危机正日趋迫近。它比传媒的紧逼更可怕,因为危机来自作家自身。刚迈过 20 世纪 90 年代的门槛,他们便惊诧地发觉,自己的写作与别人的如同出自一个铸模,真假难辨,高下难分。叙事的"空转"与"失禁"开始全面泛滥①,题材、方法,乃至于人物都似曾相识。韩少功显然也为这种局面所震惊,他在创作时必须逃逸出如是怪圈。这种重复的危机,在他看来源自作家生活的中产阶级化。试想当年知青作家,虽然都离不开农村题材,但每个人笔下的乡村形态各异、差别很大。这和乡村、城市间的不同有关。城市生活更容易出现同质化:"都市化背景下的生活方式,

---

① 韩少功:《个性》,《小说选刊》2004 年第 1 期。

204

沙发是大同小异的,客厅是大同小异的,电梯是大同小异的,早上起来推开窗子打个哈欠也是大同小异的,作息时间表也可能是大同小异的。我们在遵守同一个时刻表,生活越来越类同,然而我们试图在这样越来越类同的生活里寻找独特的自我,这不是做梦吗?"①很明显,现代社会在造就一个越来越雷同的时空,从物件、生活方式,到每个个体的形貌、举止,都日愈一日地趋于同一。在都市背景下,作家面对的客体世界变成了电视墙似的景观,表面看来炫目灿烂,其实诗意全无。在这样的情形下,作家挖空心思地玩弄形式,也难以规避题材的趋一与雷同。《山南水北》的意义于是体现了出来。在当下乡村,许多事、物鲜活生动,还没有经过文化工业彻底的整编。据此创作出来的文本,自然避免了题材上雷同、撞车的危机。显然,《山南水北》是韩少功对创作大环境以及自身以往创作的回应。整个作品侧重乡村"写意"。其意图很明显,也就是要规避都市生活的同质化,以此来恢复作家言

---

① 韩少功:《作家的创作个性正在湮没》,《探索与争鸣》2006 年第 8 期。

说的活力。

关于《山南水北》，孔见认为它是一部发现之作。在人们纷纷逃离的乡村生活中，韩少功发现了大自然蕴藏的优美、神秘的灵性，及其对人类感官心灵的去蔽作用和疗救意义；在人们普遍以消费为乐，以奢侈为高贵的时代，韩少功发现了简单劳动与农业文明的诗情画意，及其被城市生活和工业文明粗暴摈弃的美好内涵，并对几百年来一路凯歌的人道主义的偏狭提出了质疑。[①]台湾学者彭明伟说，韩少功从乡村农耕生活寻找到了农村文化之根基：传统的仁义价值与社会主义的精神巧妙结合。比起《马桥词典》，韩少功在《山南水北》中对乡村的道义与人情社会显得更有自信。韩少功不追求走向世界的文学，而是追求重新走向内心的文学。在农村，他看到文明再生、精神再造的契机，他向往人与人关系密切的人情社会，也向往人与自然亲近的农耕生活。从思索现代性的角度来说，农村生活是较城市生活更健全、更文明的，在

---

① 孔见：《遗弃在尘土里的货币——〈山南水北〉的价值发现》，《北京联合大学学报（人文社会科学版）》2008年第2期。

今日也成为另一种现代性的选择。① 美籍华人学者刘剑梅认为，《山南水北》记录了韩少功自己的另一种寻根旅程。他通过《山南水北》"重演了一次《归去来》，但是不像小说主人公对乡村生活带着不确定的质疑的态度，而是完全认同了陶渊明的《归去来兮辞》，为我们展示了他返回乡土生活中的大快乐。……这一回，他是全身心地拥抱大自然以及和大自然紧紧相连的民俗生态，此时他放下了总是抱着怀疑和批判态度的知识分子角色，回到物我不分的本真角色"。她认为，《山南水北》的基调和《瓦尔登湖》很像，但侧重点不同："韩少功在这本书中虽然出发点跟梭罗一样，都是通过回归大自然、回归'隐居'或'半隐居'生活而对都市文明和商业社会发出警世之音，针对人类对自然生态资源贪婪的掠夺提出质疑，但是韩少功不像梭罗，完全回到与人类隔绝的孤寂状态并充分享受这种孤寂带给自我的内心大自由和大快乐，而是不仅关注大自然的生长，同时还对与大自然息息相关的民

① 彭明伟：《革命的农村与人情的农村：韩少功〈山南水北〉读后札记》。此文系《山南水北——八溪峒笔记》(台湾人间出版社)新书发布会上的发言稿。

俗生态与民俗文化进行了细致的探寻和考察。"①台湾学者魏美玲认为："寻根时期的韩少功,接续鲁迅剖析民族劣根性的启蒙话语,着重批判闭塞的乡土与传统文化,到了《山南水北》的新寻根,则趋向沈从文发扬乡土人性之美,探求原生态的智慧与情感。韩少功重新贴近大地,扎根民间,于乡土世界补上文明反思的一课,从启蒙批判到向民间学习,或许是全人类应反思的文化课题。"②

《"文革"为何结束?》是韩少功反思"文革"的一篇重要文章。韩少功不再纠缠"文革"之原因为何,而是笔锋一转,追问"文革"为何结束。韩少功着重谈了政治思想的两个层面。第一是新思潮的产生。1976年以天安门"四五运动"为代表的全国抗议大潮是民意的厚积薄发,显现出"文革"大势已去。第二是被打倒的老干部的作用部分恢复。拥有政治能量和文化能量的群体在"文革"风暴之下得以幸存,是日后结束"文革"的重要条件。

① 刘剑梅:《庄子的现代命运》,北京:商务印书馆2012年版,第248页。
② 魏美玲:《韩少功〈山南水北〉的乡土世界》,《四川大学学报(哲学社会科学版)》2012年第1期。

2007年　五十四岁

4月,以长篇散文《山南水北》获第五届华语文学传媒大奖杰出作家奖。

10月,荷兰 Muziektheater De Helling 剧团将《爸爸爸》和《女女女》改编为音乐剧并举行公演。

11月,长篇散文《山南水北》获第四届鲁迅文学奖。值得一提的是,韩少功这一次并未参与评奖申报,海南作协大概是依据"领导一律不参评"的老规矩,即便韩少功已不再是海南省作协领导,也漏报了他。直到评选进入终评阶段,好几个评委觉得漏掉《山南水北》太不该,才依据评选章程启动特别动议程序,使该书越过申报、初评阶段直接进入终评,并获得遥遥领先的最高票数。有关知情人说,这种情况绝无仅有。

是年,发表有短篇小说《末日》(《山花》2007年第10期),散文《一个人本主义者的生态观》(《天涯》2007年第1期)、《多"我"之界》(《南方文坛》2007年第3期)、《文学的四个旧梦》(《上海采风》2007年第5期)、《道的无名与专名》（《广东技术师范学院学报》2007 年第 6 期）、《石太瑞与湘西神话》（《文学自由谈》2007 年第 6 期），对话《文学史中的寻根》（与李建立对谈，《南方文坛》2007 年第 4 期）、《关于〈山南水北〉》（与何志云对谈，《西部》2007 年第 5 期）。

是年，越南文版《爸爸爸》（Quỳnh Hu'o'ng Trần 与 Trí Nhàn Vu'o'ng 合译）由 Nhã Nam Publishing and Communications 出版传播股份公司出版。韩文版《马桥词典》（싱규호 与 유소영 合译）由 Minumsa 出版集团出版。

2008 年　五十五岁

4 月，受邀在香港浸会大学任驻校作家，为期两个月。香港《城市文艺》杂志 2008 年第 4 期刊发了"2008 浸会大学驻校作家韩少功特辑"。该特辑包括韩少功作品三篇：《故人》、《人迹》、《时间》，另有芳菲的评论《一次健康精神运动的肇始——读韩少功的〈暗示〉》、牛耕的评论

《实践者的精神地平线——韩少功散文集〈山南水北〉阅读札记》、野莽的散文《派人去汨罗江寻找隐士韩少功》、李洛霞的专访《韩少功的田园生活与文化思考》、古剑的书信《韩少功的信》。

5月,孔见著《韩少功评传》由河南文艺出版社出版。

6月,由于原书记调离,韩少功兼任海南省文联作协党组书记。

7月,廖述务编《韩少功研究资料》由天津人民出版社出版。

8月,廖述务著《仍有人仰望星空——韩少功创作研究》由新星出版社出版。

9月,陈乐著《现代性的文学叙事——韩少功的小说与"文革"后中国的现代性》由浙江大学出版社出版。

是年,发表有短篇小说《西江月》(《西部》2008年第3期)、《第四十三页》(《香港文学》2008年第7期),散文《民主:抒情诗与施工图》(《天涯》2008年第1期)、《穷溯其远 仰止其山——在〈庄子奥义〉研讨会上的发言》(《社会科学论坛》2008年第2期)、《葛亮的感觉》(《天涯》2008年第2期)、《笛鸣香港》(《天涯》2008年第5期),对话《穿行在海岛和山乡之间——答记者、评论家王樽》(与王樽对谈,《时代文学》2008 年第 1 期)。

是年,出版有《韩少功散文》(人民文学出版社)、《山南水北》(作家出版社再版)、《韩少功系列作品集》(九卷,人民文学出版社)、译作《惶然录》(上海文艺出版社再版),另有《归去来》(香港明报月刊出版社)、《山南水北》(Oxford University Press[Hong Kong])。韩文版《阅读的年轮》(백지운[即汉学家白池云]译)由 청어랑이디어 出版。越南文版《马桥词典》(译者未知)由 Nhã Nam Publishing and Communications 出版传播股份公司出版。西班牙文版《爸爸爸》(Yunqing Yao 译)由 Kailas 出版公司出版。英文版《"文革"为何结束?》(Gao Jin 译)刊载于美国学术期刊《边界 2》第 35 卷第 2 期。

韩少功开始着力发掘革命年代可能的德性资源。《第四十三页》就较多地在情感层面为那个年代辩护。虽然小说中的女乘务态度略显粗暴,但在把一堆果皮纸屑扫走以后,不仅给阿贝拉上厚布窗帘,还揣来一条防寒棉毯。后来,乘务还取他的湿衣去锅炉间烘烤;车长专门过来给一位旅客测体温,并询问有哪位旅客掉了钱包。列车碰到灾民,为防更大洪峰,车长当即同意搭乘请求,大手一挥全都免票。尽管阿贝在车上被误认作"特务",遭受过"虐待",但在经历了车上一幕幕温情之后,他显然在情感上有点认同这一"土"得掉渣的群体。尤其是"跃入"现实之后连遭暗算与欺诈,更反衬出那个时代的单纯与高尚。让阿贝愤怒的是,那些因疏散乘客而牺牲的乘务员们的墓地,在"现实"中早就无人问津,一片荒芜。后革命年代对革命德性的遗忘在此显露无遗。

在寻求建设性的道德资源时,韩少功不仅回归传统,而且还将革命德性当成了重要的话语来源。韩少功看重的是人性质量,而非先验立场。《完美的假定》中言及的人格"理想"典型竟是两个在具体政治选择上南辕北辙的人:一个是激进的"左"派格瓦拉,一个是决绝的"右"派吉拉斯。但立场的不同并不妨碍他们呈现出同一种血质,组成同一个族类,拥有同一个姓名:理想者。①

---

① 韩少功:《完美的假定》,见《熟悉的陌生人》,上海:上海文艺出版社2012年版,第3—18页。

2009年　五十六岁

3月,《蛮师傅》获《小说选刊》首届蒲松龄微型小说奖。

4月,短篇小说《第四十三页》入登中国小说学会的年度排行榜。

是年,发表有小说《张家与李家的故事》(《天涯》2009年第4期)、《赶马的老三》(《人民文学》2009年第11期)、《怒目金刚》(《北京文学》2009年第11期)、《生气》(《山花》2009年第15期)、《能不忆边关》(《中国作家》2009年第17期),散文《寻根群体的条件》(《上海文化》2009年第5期)、《扁平时代的写作》(《扬子江评论》2009年第6期)、《重访旧楼》(《新闻天地》2009年第9期)、《天数使然,可遇而不可求》(《山花》2009年第15期)、《心灵之门》(《海南日报》2009年11月9日)、《文学何为》(《人民日报》2009年12月3日),对话《一个棋盘,多种棋子——关于中国文学与文化的对话》(与罗莎对谈,《花城》2009年第3期),另有《治学的道与理》(此文为谢少波《另类立场》序言,南京大学出版社)。

是年,出版有珍藏版小说集《爸爸爸》(作家出版社)、《马桥词典》(作家出版社),以及《重现——韩少功读史笔记》(江苏文艺出版社)、《山川入梦》(中国青年出版社)。韩文版《山南水北》(김윤진译)由 Ire 出版公司出版。瑞典文版《马桥词典》(译者未知)由 Albert Bonniers Förlag 出版公司出版。波兰文版《马桥词典》(Małgorzata Religa 译)由 Świat Książki 出版。

《赶马的老三》等作品大力倡扬传统"礼俗社会"蕴含的德性因子。《赶马的老三》中的何老三,在应对国少爷敲诈、庆呆子婚姻危机、皮道士讹钱等棘手事件时游刃有余。这些"事功"既是才智,也是德行。而另一些言行更侧重于展现他独特的生存伦理观。何老三一次对着土地公公撒了泡尿,不料几天后阴处开始生疔,痛得他满头大汗,呼天喊地好几天。自此以后,他的世界观发生变化,有点相信八字、风水以及报应,对非同一般的巨石和老树都比较恭敬。村里改建土地庙的时候,他还偷偷捐了一份钱,不觉得这与机器时代有什么抵触。参加何子善老娘的丧礼时,何老三觉得唱夜歌好,不像城里人只是鞠个躬、献枝花,丧事太冷清,让后人没想头。《怒目金刚》中的吴玉和虽尖嘴猴腮苦瓜脸,但在同姓宗亲中辈分居高,一直享受着破格的尊荣。因驱赶偷吃庄稼的耕牛耽搁了开会,乡书记老邱于是污言秽语满天飞,尤其还"株连"了他母亲,这让他一辈子耿耿于怀,以致死不瞑目。老邱最终被其感化。吴玉和对自己的丧礼亦有独特要求,虽一切从简,但有些规矩不得马虎:儿孙晚辈一定要跪着守灵;白豆腐和白粉条一定要上丧席;香烛一定要买花桥镇刘家的;祭文一定要出自桃子湾彭先生的手笔;出殡的队伍一定要绕行以前的两个老屋旧址,以向熟悉的土地和各类生灵作最后一别。

季亚娅认为,《怒目金刚》涉及乡村与传统文化的定位问题。人物老邱的认错不简单,"在作者80年代以来的写作经历里,逆来顺受的'传统'终于怒睁双目,第一次取得了胜利,虽然等待这个胜利的过程太过漫长。这更像是一个表征,广而言之,即使在整个20世纪中国文学的脉络里,乡村中国和它所代表的'传统',也因这次胜利而首次具有了理直气壮的合法性。百年等一跪,这一跪有千斤之重。如果说'五四'以来近百年的中国现代化的主流思潮里,'乡村'所指称的那个传统总被视为'现代'或'进步'的对立面,总是处于被批判被否定的位置,这一声迟来的道歉,标志着今日知识分子对于80年代或'五四'以降的启蒙现代性的全面反思"。① 毕光明则认为,《怒目金刚》是韩少功"乡村"思考的延续,"它通过一个传统文化人格形象的塑造,展现了乡村传统文化被强暴而走向溃败的命运"。"玉和在受辱后坚持要讨得一句话,无异于弱者被施暴后需要得到精神上的补偿。这就是传统文化在当代乡村中国的命运与处境。唯其如此,作为个体文化人格,玉和的孤独反抗、以文峙野就显得可悲而壮烈。玉和是跨在两个乡村中国上的,一个是以礼义廉耻忠信孝悌为核心价值的传统文化主导人生的乡村中国,一个是以马克思主义为基本话语的现代政治主宰的乡村中国,这样的文化错位决定了他与权力发生冲突的悲剧性质,但是它的悲壮也就在这里。玉和是延伸了的'寻根文学'为我们奉献的又一

---

① 季亚娅:《这一声迟来的道歉——韩少功新作〈怒目金刚〉的一种读法》,《北京文学》2009年第11期。

个具有典型意义的'最后一个'形象。这是传统乡村文化溃败时代的最后一个文化斗士。他的等待,既是守护,又是抵抗。他的虽死犹战,战之能胜,正说明了坚持是有意义的和传统文化是有感召力的。玉和死后得到的仇人那感天动地的一跪,未尝不是作家韩少功对这个寄托着他的文化理想的传统乡村文化孤魂的深情祭奠与由衷礼赞。"①

2010 年 五十七岁

5月,短篇小说《怒目金刚》获首届茅台杯《小说选刊》2009 年度奖。

10 月 5 日至 8 日,作为中方代表团成员之一,随时任总理与文化部长出访欧盟,参加首届中欧文化高峰论坛。此次论坛的中方代表有裘锡圭、徐冰、陆建德、赵汀阳等,欧方代表有安贝托·艾柯、朱丽亚·克里斯蒂娃、雷蒙·卢卡斯·库哈斯等。

---

① 毕光明:《传统乡村文化孤魂的祭奠与礼赞——评韩少功的〈怒目金刚〉》,《小说评论》2010 年第 6 期。

11月,中篇小说《赶马的老三》获《人民文学》2010年度优秀作品奖。

11月,长篇小说《马桥词典》获美国第二届纽曼华语文学奖。

12月,短篇小说《第四十三页》获郁达夫文学提名奖。

是年,发表有散文《寻找语言的灵魂》(《人民日报》2010年1月12日)、《"扁平世界"呼唤精神高度——关于当前读书、写作的思考》(《人民日报》2010年2月2日)、《慎用洋词好说事》(《天涯》2010年第2期)、《上帝之死与人民之死》(《上海文化》2010年第5期)、《重说道德》(《天涯》2010年第6期),另有《语言之外还有什么》(此文为敬文东《随贝格尔号出游》序言,河南大学出版社)。

是年,出版有《韩少功散文》(浙江文艺出版社)、随笔集《历史现场:韩少功读史笔记》(香港三联书店)、小说集《西望茅草地》(新华出版社)。越南文版《报告政府》(Chiêu Phong 译)由 Nhã Nam Publishing and Communications 出版传播股份公司出版。

2011 年　五十八岁

2月,获准卸任海南省文联主席、海南省文联作协党组书记两职。韩少功任职期间注重人才引进与作风整改,完成二十多项建章立制,文联用房和设备等硬件也有大跨度的改善,其任职成绩有目共睹。韩少功为人亲和、以德服人。因此,在机关领导交接大会上,台下传来同事们一片抽泣声,以长时间的鼓掌向他送别致敬。

同月,在美国俄克拉荷马大学参加纽曼华语文学奖颁奖仪式,并参加韩少功文学作品研讨会,有美、英、荷等多国专家参加。

4月,中篇小说《赶马的老三》获首届萧红文学奖。

5月,赴首尔参加韩国外国语大学举办的韩少功作品研讨会,有韩、日、中等多国专家参加。

9月,短篇小说《怒目金刚》获《北京文学》优秀作品奖。

11月6日,《台湾社会研究》杂志社在台北举办韩少功随笔研讨会。

12月7日至8日，海南大学人文学院、《天涯》杂志社、海南省文联召开的"韩少功文学创作与当代思潮研讨会"举行。与会的批评家有旷新年、[法]安妮·居里安、彭明伟（中国台湾）、韩毓海、李云雷、敬文东、何吉贤、[日]千野拓政、[韩]白池云、卓今、孔见、单正平、刘复生、李少君、董之林、徐志伟、郝庆军、黄灯、廖述务、石晓岩、季亚娅等。

同月，短篇小说《怒目金刚》获《小说月报》第十四届百花奖。

同月，短篇小说集《鞋癖》获评台湾中国时报社2011开卷好书奖之十大好书（中文创作）。

是年，发表有散文《他是中国文学的幸运》（《天涯》2011年第2期），对话《重建乡土中国的文学践行者》（与相宜对谈，《上海文学》2011年5月号），另有《回答一个世纪之问》（此文为《琼崖红色记忆》序言，南海出版公司）。

是年，出版有《马桥词典》（作家出版社再版）、繁体字版《马桥词典》（台湾联经出版社）、繁体字版中篇小说集《红苹果例外》（台湾联经出版社）、繁体字版短篇小说集

《鞋癖》(台湾联经出版社)、繁体字版《韩少功随笔集》
(《台湾社会研究》杂志社)。

2012年　五十九岁

3月,受邀为中山大学驻校作家,为期两月。

4月,受邀访问新加坡,在新加坡国立大学、《海峡时
报》社等机构演讲。

5月,刘复生、张硕果、石晓岩所著《另类视野与文学
实践：韩少功文学创作研究》由北京大学出版社出版。

11月,受邀至华中科技大学主持文学"秋讲"活动,
为期两周。

同月,短篇小说《怒目金刚》获第三届蒲松龄短篇小
说奖。

是年,发表有散文《"小感觉"与"大体检"》(《文艺
报》2012年12月31日)、《镜头够不着的地方》(此文为
三卷本《韩少功汉语探索读本》序言,四川文艺出版社),
对话《要捣乱,要狂飙,必是情理所逼》(与李晓红、和歌
对谈,《黄河文学》2012年第3期)、《中国文学及东亚文

学的可能性》(与白池云对谈,《文学报》2012 年 4 月 19 日)。

是年,出版有《韩少功作品系列》(十卷,上海文艺出版社)、《赶马的老三》(海豚出版社)、《韩少功汉语探索读本》(三卷,四川文艺出版社)。

2013 年　六十岁

3 月,"韩少功文学创作与当代思潮研讨会"论文集《对一个人的阅读——韩少功与他的时代》(孔见主编,收录了洪子诚、旷新年、〔法〕安妮·居里安等学者的论文)由江苏文艺出版社出版。

7 月,以团长身份率海南文化交流团访问台湾,会见星云法师、余光中、龙应台等台湾各界人士。

8 月,短篇小说《山那边的事》获《小说月报》第十五届百花奖。

9 月,湖南社会科学院文学所与海南文艺评论家协会组织的《日夜书》研讨会在长沙召开。

同月,率中国作家代表团访问俄罗斯。

11月，中国作协创研部与海南省作协主办的《日夜书》研讨会在北京召开。

同月，受台湾交通大学社文所邀请，任该校驻校作家一个月，并在台北、彰化、嘉义、南投等地的大学讲学。

同月，"韩少功工作坊"（即作品研讨会）在台湾新竹召开。

12月，长篇思想随笔《革命后记》由Oxford University Press（Hong Kong）出版繁体字版；简体字版则由李泽厚推荐，王蒙撰写推介意见，在北京"生活·读书·新知"三联书店进入送审程序。

同月，《日夜书》成为"富国高银 2013南方周末文化原创榜"年度图书（虚构）获奖作品。

是年，发表有长篇小说《日夜书》（《收获》2013年第2期），散文《文学寻根与文化苏醒——在华中师范大学的演讲》（《新文学评论》2013年第1期）、《牛桥故事》（《读书》2013年第11期），对话《好小说都是"放血"之作》（与胡妍妍对谈，《人民日报》2013年3月29日）、《数字化时代的文化生态与精神重构》（与龚曙光对谈，《芙蓉》2013年第3期）、《几个50后的中国故事——关于〈日夜书〉的对话》(与刘复生对谈,《南方文坛》2013年第6期)、《一代人的安魂曲——韩少功长篇小说〈日夜书〉访谈录》(与吴越对谈,《朔方》2013年第9期)、《时代与文学》(与荒林对谈,《创作与评论》2013年第12期)。

是年,《马桥词典》、《暗示》、《韩少功小说选》、《韩少功随笔选》由安徽文艺出版社出版插图精装本,《日夜书》由上海文艺出版社出版,《山南水北》增补版由湖南文艺出版社出版,繁体字版《日夜书》由台湾联经出版社出版。短篇小说《末日》由明珠影业有限公司改编拍摄成电影并上映。

韩少功六十岁这一年推出《日夜书》、《革命后记》两部书。一般来说,生理年龄与创作活跃程度间有一个负相关的铁律,韩少功似乎能成为为数不多的例外。

《日夜书》以知青生活为题材,但与以往的知青文学又有很大不同。在谈到这部书的创作初衷时,韩少功说:"有些书主要是写给别人看的,志在卓越。有些书主要是写给自己看的,意在解脱和释放。《日夜书》大概属于后一种。这本书写作耗时一年多,触动了一些亲历性感受，算是自己写得最有痛感的一本。这一代人已经或正在淡出历史。我对他们——或者说我们——充满同情，但不想牵就某种自恋倾向，夸张地去秀苦情，或者秀豪情。我把他们放在后续历史中来检验，这样他们的长和短才展现得更清晰。由这一代人承重的时代，为何一面是生龙活虎而另一面是危机频现，才有了一个可靠的解释线索。'中国故事'难讲，最难讲的一层在于人和人性。没有这一层，上面的故事就是空中楼阁。'苦情'和'豪情'宣示虽不无现实依据，但容易把事情简单化，比如把板子统统打向别人，遮挡了自我审视。我的意思是，每一代人都会有或多或少的自恋，但我希望这一代人比自恋做得更多。"①

刘复生认为，《日夜书》是一次"反知青写作"，包括反抗韩少功自己曾经创作过的知青小说："韩少功作为曾经参与过知青文学史的知青作家，对知青，也对知青文学史进行了质疑。知青文学具有一种普遍的索债和撒娇的心

---

① 韩少功、王雪瑛：《作家访谈：文学如何回应人类精神的难题》，《当代作家评论》2016年第2期。

态,习惯于对自己的历史形象进行自我美化,喜欢推诿历史责任,即使1990年代以来个别知青题材的小说进行了一些假模假式的抽象忏悔,对于权力化的知青进行了超然的外部揭露,也只是以另一种方式回避了最核心的问题。而韩少功以巨大的体谅看待包括自己在内的一代人,也对它进行了严苛的批判。事实上,他对自己一代人提出了更高的要求,知青一代人不应辜负了历史,枉历了一番丰富的苦难的馈赠与教诲。这是真正的自我批判,它没有站在道德制高点上对知青进行道德主义的审判,而是充满了犹疑,他更多的是以丰富复杂的现场化的、历史化的'生活本身'来呈现知青一代人的精神症状的来源,同时,他以关于知青的另类叙述粉碎了陈旧的压抑性的知青叙述,打开了重新理解现实的可能性空间。"①

《革命后记》则是韩少功在思想领域的一次大胆掘进与突破,是中国思想界在新世纪的一次重要收获。从这部书的字里行间,也不难品读出韩少功的理论抱负。对

---

① 刘复生:《掘开知青经验的冻土——评韩少功的长篇小说新作〈日夜书〉》,《文艺争鸣》2013年第8期。

于偏好思想的韩少功来说，这部书一点也不逊色于《马桥词典》，因为只有它可堪承负百年中国的重量。

该书甫一出版，就在学界引发不小震动。其间，也出现了一些过于主观化、情绪化的评论文章，对《革命后记》进行了"围剿"式批评。① 从各类批评文章可以看出，自20世纪90年代以来，观念上日趋深化的分歧与对立撕裂了学界，批评的选择性失明也就更为常见。在部分批评家眼中，批评对象各就各位，或"左"或"右"，水火不容，已经完全标签化。于是批评之重心不在客观理性的分析，而是看其是否"政治正确"或观念合法。

许多批评者其实没有细读文本。在阅读《革命后记》正文部分后就仓促下结论。其实韩少功反思革命，是要以史为鉴，最终要对当下国家治理与制度建设有所助益。该书附录一《关住权力的笼子》这篇对话非常重要。在对话

---

① 详见：王彬彬：《替韩少功补个注释》，《南方都市报》2014年5月25日；陈冲：《历史不是由亲历者写成的》，《文学报》2014年7月31日；雷雨：《混沌模糊的〈革命后记〉》，《文学报》2014年7月31日，又载《扬子江评论》2014年第3期；李有智：《〈革命后记〉的常识性问题》，《扬子江评论》2014年第3期。

中，韩少功提到几个概念。第一个是"管理量"，即尝试对权力进行量化。第二个是"支配度"，指长官的个人权重，或者说自由裁量权。这样就可以得出一个初级公式：管理量×支配度＝权力。管理量过大，支配度过高，就是危险的权力。当年的贴大字报，某种程度上有对权力遏制的一面。但应急性的运动，不能代替制度性管理。往深层里看，只要制度系统缺失，就可能产生问题。"文革"以后的新政，比较有意义的是两条：一是法制建设，降低官员们的支配度，比如恢复高考制度。二是放开市场，即削减官员们的管理量。这样双管齐下，权力风险自然减仓和下行。制度总是由人来制定，由人来理解、判断、操作与执行。降低支配度，削减管理量，但终究不会是零。因此人们可以减少但不可能完全消除权力风险。制度之外，还得说道德。善德可以制约权力，形成安全网和防火墙。因此前一初级公式还需补充：管理量×支配度×道德系数＝权力。

林岗对《革命后记》有较辩证的看法。他认为，之所以对"文革"的认知比难断的家务事还复杂千万倍，不止是因为距离尚近，许多谈论者是亲历者，更重要的原因是"文革"自身的独特性。改革开放数十年造就了经济的繁荣,随之也产生了社会再等级化和阶层固化。这些虽然"发生在'革命之后',但使得社会氛围又让人嗅到一丝'革命之前'的气味,于是'文革'就像历史三明治,夹在了中国现代史三段的中间,从前面看过去和从后面看过来,面貌截然两样。如同鲁迅,站在鲁四老爷的立场看就是'新党',但站在创造社的立场看就是'遗老'。'新党'与'遗老'集于一身,这笔账怎样算得清呢?也许正是这种'妾身未分明'的历史特征,产生了思考的挑战,吸引了'思想的瞎子'前来摸象。韩少功不愧为一个智勇双全的'瞎子'。他与那些隔岸观火做足案头功夫的专家不同,从自己苦乐兼备的'文革'体验中获得启示而审视历史的迷宫;又与那些沉浸于自身悲欢的历史申诉者不同,具备冷静和理智的眼光而看到历史现象的多面性。于是呈现于世人面前的《革命后记》就颇有它不同凡响之处,它对'文革'的阐释新颖、独到、充满思想的启示。这是我读过的最有思想张力的一个关于'文革'的文本。"①林岗说,

---

① 林岗:《革命之后的追问——读韩少功〈革命后记〉》,《明报月刊》(香港)2016 年第 5 期。

韩少功的"文革"阐释可称作社会政治现象的经济学解释，其观察眼光近乎西方新经济史学派。韩少功的创见在于，将对人自利和逐利本性的认知由经济领域延伸到社会政治领域。"文革"时期，人们没能成为逐利的"经济人"，但成为政治场中热衷攀比和竞争的"政治人"。借此，韩少功揭示出了"文革"不为人知的隐秘机制。也因此，林岗叹道："恕我孤陋寡闻，但至今也没有读到第二家如此启人心智的'文革'解释。"同时，林岗认为，韩少功解释之长处与弱点亦均与这一理论支点有关。《革命后记》一书重视对制度基础的分析，而较少分析政治领袖之"政治决定"的全局性影响。这就无形中隔断了政治基础与政治人之间的关联，使得对历史现象的解释欠缺丰富性和生动性。他进而指出：在处理长时段社会现象时，制度解释更为有效；而处理短时段社会现象时，则应将对历史"上部"与"下部"的分析结合起来。

台湾学者黄文倩认为："整体上来说，《革命后记》是一种带有个人化的叙事、补充的后记，主观性必然存在，它的写法建立在预设了某些需要再被辩证的论述与对象——通常是目前世俗对文革理解过于简化、常识化及弱智化的意见。但是,我们却不能简单地批评——韩少功完全是以一种个人经验来响应历史,事实上,作者在个人经验与主观见解之间,援引了许多思想家、学者们对革命、乌托邦、民主、自由、中国乡土等等问题的各式论述与想象,并以一种相当清楚、简明、流畅的白话文表达出来,相当具有扩充及普及读者的自觉——韩少功似乎想要引导更多的人民群众,在中国曾实践的社会主义的基础之上,再度反省'中国往何处去'的现代共同体命题。"①

在《怒目金刚》、《第四十三页》、《赶马的老三》等作品中,韩少功对德性多有期许。而在《革命后记》中,他又反复强调制度建设的重要性。显然,韩少功致力的不是纯粹卢梭意义上的礼俗社会,也不完全是所谓自由主义意识形态追捧的法理社会。它是两者更高意义上的融汇。因此,韩少功既"保守"又"激进"。所谓"保守"者,他不可能再回到"过去",倡导一种威权性质的道德(礼俗)社会。所谓"激进"者,他对新自由主义意识形态疑虑重重,并对

---

① 黄文倩:《略谈韩少功近十年的历史反思——〈日夜书〉、〈革命后记〉与〈山南水北〉读书笔记》。本文为 2014 年 9 月 6 日于台北月涵堂举行的韩少功《山南水北》繁体中文版新书发布及座谈会的与谈稿。

道德理想满怀敬意。总之,在他这里,制度与道德构成了公共正义的基本前提。①

2014 年　六十一岁

1 月,《日夜书》获评国家新闻出版广电总局组织的2013 年度大众喜爱的五十种图书之一。

5 月,《日夜书》获《人民文学》杂志社长篇小说双年奖。

9 月,《山南水北》研讨会在台湾台北市召开。

9 月,《日夜书》获香港浸会大学文学院红楼梦奖的专家推荐奖。

10 月,卓今等主编的《解读韩少功的〈日夜书〉》(收录程德培、张翔、张柠、李遇春等学者的研究论文)由上海文艺出版社出版。

12 月 20 日,作为主讲嘉宾之一参加“文汇讲堂·文

---

① 廖述务:《公共正义的诗意构想——以韩少功新世纪创作为中心》,《文艺理论与批评》2012 年第 3 期。

学季"第五期活动。演讲内容以《顺变守恒,再造文学》为题发表于《文汇报》2014年12月30日。

是年,发表有长篇思想随笔《革命后记》(《钟山》2014年第2期),对话《关住权力的笼子》(此文为《革命后记》一书附录,载《文化纵横》2014年第3期),散文《关于经典的加减法》(《名作欣赏》2014年第1期)、《刘舰平的诗歌修辞法》(《文艺报》2014年2月26日)、《镜头够不着的地方》(《文艺报》2014年10月15日)、《在幽怨与愤怒之外——读孔见新作〈谁来承担我们的不幸〉》(《文艺报》2014年11月28日),另有《思想史的侦探者》(此文为刘禾《六个字母的解法》序言,Oxford University Press [Hong Kong])、《直面其心》(此文为刘一平书画印作品集《莫非》序言,湖南美术出版社)。

是年,出版有《山南水北:八溪峒笔记》(台湾人间出版社再版)、《暗示》(台湾大地出版社再版)、《韩少功精选集》(台湾圆明出版社再版)、《中国好小说·韩少功》(中国青年出版社)、《马桥词典》(湖南文艺出版社再版),小说集《怒目金刚》(安徽文艺出版社)、《韩少功作品精选》(长江文艺出版社),散文集《空院残月》(安徽文艺出版

社),知青题材中短篇小说集《很久以前》(武汉大学出版社)。韩文版短篇小说集《归去来》(백지운[即汉学家白池云]译)由창비出版社出版。

2015年　六十二岁

1月,境外《今天》杂志继张承志、李零、徐冰专辑之后,在2014年冬季号(本月出版)上推出韩少功专辑。

2月,由上海文艺出版社出版的《日夜书》获中国出版协会颁发的第五届中华优秀出版物奖,是获得该双年奖的两部长篇小说之一。

5月,散文《落花时节读旧笺》在《香港文学》发表。

10月,《革命后记》获首届紫金·江苏文学期刊优秀作品奖之《钟山》文学奖。

10月至11月,在智利、墨西哥、哥伦比亚三国十几所大学讲学。

是年,发表有散文《对于电视剧的"两喜一忧"》(《文艺理论与批评》2015年第1期)、《萤火虫的故事》(《名作欣赏》2015年第1期)、《当代文学叙事中的代际差异》

《天涯》2015年第3期)、《想象一种批评》(《文艺报》2015年5月6日),对话《对话韩少功:文学肯定比我们活得更长久》(与汪肯堂对谈,《湖南日报》2015年10月16日)、《外国作家为什么能吸引读者?》(与顾彬等对谈,《江南》2015年第6期)等。

是年,出版有《夜深人静》(中信出版集团)、《为语言招魂:韩少功序跋选编》(河南文艺出版社)、《韩少功作品典藏》(安徽文艺出版社)等。英文版《山歌天上来》(Lucas Klein译)刊载于《今日中国文学》第5卷第2号。

2016年　六十三岁

4月,主编的大型地方历代文献丛书"琼崖文库"第一批共八种,由海南出版社出版。全套丛书估计将达两百余种。

5月,受聘为母校湖南师范大学"潇湘学者讲座教授"。

6月,短篇小说《西江月》由韩国"村景"剧团改编为现代话剧,在首尔市政厅演出。

同月,作为主宾在韩国首尔参加有亚洲九个国家作家代表与会的"历史与亚洲文学创作"研讨会,为会议总结发言。

7月,在德国波恩大学就文学创作与汉学家们举行对话会。

11月,散文《守住秘密的舞蹈》获第十三届《十月》文学奖。

12月,受邀分别在香港科技大学、香港中文大学、香港浸会大学、香港城市大学演讲。

是年,发表有短篇小说《枪手》(《收获》2016年第4期),散文《序跋拾零》(《创作与评论》2016年第1期)、《守住秘密的舞蹈》(《十月》2016年第2期)、《再说找回南洋》(《文艺报》2016年12月5日),演讲《村官如何为人处事》(《湖南日报》2016年6月17日)、《文学的变与不变》(《名作欣赏》2016年第34期),对话《"只有差异、多样、竞争乃至对抗才是生命力之源"——作家韩少功访谈录》(与高方对谈,《中国翻译》2016年第2期)、《文学如何回应人类精神的难题》(与王雪瑛对谈,《当代作家评论》2016年第2期)、《献给无名者的记忆——电影〈我的诗篇〉三人谈》(与蒋子丹、秦晓宇对谈,《天涯》2016年第2期)、《文学的核心创造力》(与王雪瑛对谈,《文学报》2016年9月8日)。

是年,出版有《韩少功自选集》(天地出版社),散文摘编集《孤独中有无尽繁华》(百花洲出版社),散文集《感觉跟着什么走》(四川文艺出版社)、《草原长调》(江苏文艺出版社),小说集《西江月》(四川文艺出版社)、《红苹果例外》(四川文艺出版社)。《飞过蓝天》(译者未知)入选世界语版《中国当代文学精品选1979—2009》,由中国世界语出版社出版。英文版《山歌天上来》(Charles A. Laughlin 译)入收《21世纪中国中篇小说选》(University of Oklahoma Press 2016年版)。韩文版《革命后记》(백지운[即汉学家白池云]译)由韩国 Geulhangari 出版公司出版。

韩少功已定居乡下十六年,成为乡土社会有机的一分子。他曾在汨罗八景新任村干部培训班上发言,后以《村官如何为人处事》为题发表在《湖南日报》2016年6月17日上。这不是文学作品,而是一份记录作家介入基层治理的珍贵社会文献。就该文之于韩少功的文学世界而言,其重要性并不亚于一篇有分量的文学作品。演讲内容颇有意思,兹录一二。韩少功说,村官不能自乱规矩。你今天这样说,明天那样说,谁还信你的? 书记这样说,村长那样说,群众听谁的? 要防止这样的情况,一把手要特别注意调研和沟通,尤其是班子内部要多沟通,多走走,多听听,不要随便开会。有了七八成把握了才能开会。既开了会,那就要坚决执行决议,打井要出水,杀猪要见血,说到的一定要做到。韩少功还说,村官硬"手段"太少,功夫都在一张嘴上。他举例:有一次,有个村民因为利益矛盾硬要堵路,谁都讲不通,结果义爹去讲,说当年修这条路的时候你老爹大雪天还来挑土,你爹修的路你当儿子的来堵呵? 这一下讲通了。又有一次,有个村妇因为利益冲突要上门泼粪,谁都讲不通,结果平求去讲,说你泼粪不要紧,打破头也不要紧,怕就怕你家娃儿学了样,今后到社会上去要吃亏呢。这一下又讲通了。这叫知己知彼,因地制宜,一事一策,一片钥匙开一把锁。义爹的道理是,对孝子,就要把道理往先人那里扯。平求的道理是,对慈母,就要把道理往后人那里扯。同样,对求利益的要多算利害账,对好面子的要多算荣辱账,对党员干部要多讲党纪国法,对信男信女要多讲因果报应,对新潮人士要多讲国际规范,对流子烂仔要多讲江湖规矩。韩少功的演讲说到了村官心坎上,现场多次爆发热烈的掌声和欢笑声。

《湖南日报》在演讲稿篇首编发了一段"主编的话":"'新乡贤'德行高尚,嘉言懿行垂范乡里,以道德文化影响力造福一方,在乡民和基层村官修身、立业、齐家、交友等方面作出示范,是道德模范和价值观的引导者,乡民行为的规约者,使人们行为有法度,价值有引领,操守有规范,对推进社会主义核心价值观扎根新农村具有积极意义。作家韩少功是其中的典型代表之一。他在他所居住的汨罗八景新任村干部培训班上的讲话,不作虚言,直指人心,既在复杂的时代背景下匡正人心,倡行人间正道,又生动风趣,实在可行,充分体现了'新乡贤'参与新农村建设和治理,维护社会公正,凝聚人心,促进和谐,践行核心价值观的独特作用。"①

---

① 韩少功:《村官如何为人处事》,《湖南日报》2016 年 6 月 17 日。

后记

新世纪初,我有幸走进韩少功绚烂的文学世界。此后十余年,我尽管将许多精力投入到了文学理论领域,但有关韩少功的研究从未中断过。其间,出版过专著《仍有人仰望星空——韩少功创作研究》,主编过《韩少功研究资料》与《韩少功研究资料(增补本)》。这些研究为我撰写《韩少功文学年谱》打下了坚实的基础。

当下的文化空间四处充斥着对贵族遗风、民国风范的赞赏与钦慕。在许多人那里,"现代"才是一个大写的事件化的时代。现代作家的一句牢骚,亦可在历史的空旷原野里激起穿越时空的回响。在一大拨文学史中,回到"五四"被书写为当代作家集体成长的关键节点。这意味着,这群后来者恒久地处于"影响的焦虑"之中,殊难超越与克服日趋久远的精神父亲。为当代作家叙谱立传正是对这样一种文学史观的有限修正。当然,当代作家并非一个同质化的整体。与青年作家不同,韩少功这一代作家遭遇了历史大潮的冲刷与洗礼。他们是不幸的,遭遇"文革",年纪轻轻就下乡务农,过早饱尝人世的艰辛。他们又是幸运的,历史让他们的行迹变得粗犷而醒目。上世纪 90 年代,历史似乎变得空前温顺,以致于福山大胆给出"终结"的诊断。这也是文学的分水岭:这之前,文学总能或多或少撬动历史的某一板块;这之后,文学愈来愈成为微不足道的历史配角。也就是说,文学日趋呈现出小写的非事件化特征。在可见的未来,为年轻一代作家写谱立传将更加考验书写者的智慧。韩少功这代作家中,不少人呈现出不一样的特质,他们与大写的历史依旧有绵密的结合。在韩少功的履历中,到处闪现出巨大而醒目的历史布景。撰写《韩少功文学年谱》显然是种愉悦的体验,你可以欣喜地感触到历史令人震颤的脉动。

感谢韩少功先生,他为我提供了大量的资料;感谢林建法老师,他的组稿促发了这一次写作;感谢华东师范大学出版社诸位编辑,他们较真的精神定能让年谱行之更远。这部书也是夫人王瑞瑞的作品,她的付出与担当,让我有闲暇与文字反复较劲。

廖述务

2017 年 9 月 20 日

记于岳麓山脚

图书在版编目(CIP)数据

韩少功文学年谱/廖述务著.—上海:华东师范大学出版社,2017
(当代著名作家及学者年谱系列)
ISBN 978-7-5675-6691-0

Ⅰ.①韩… Ⅱ.①廖… Ⅲ.①韩少功-文学研究-年谱
Ⅳ.①I206.7

中国版本图书馆 CIP 数据核字(2017)第 175771 号

本书系上海文化发展基金会图书出版专项基金资助项目

当代著名作家及学者年谱系列

韩少功文学年谱

主　　编	林建法	出版发行	华东师范大学出版社
著　　者	廖述务	社　　址	上海市中山北路 3663 号
策划编辑	王　焰	邮　　编	200062
项目编辑	朱华华　唐　铭	网　　址	www.ecnupress.com.cn
审读编辑	陈泽娅	电　　话	021-60821666
责任校对	王丽平	行政传真	021-62572105
装帧设计	卢晓红	客服电话	021-62865537
		门市(邮购)电话	021-62869887
印 刷 者	常熟市文化印刷有限公司	地　　址	上海市中山北路 3663 号
开　　本	787×1092　32 开		华东师范大学校内先锋路口
印　　张	8	网　　店	http://hdsdcbs.tmall.com
插　　页	6		
字　　数	120 千字		
版　　次	2018 年 2 月第 1 版		
印　　次	2018 年 2 月第 1 次		
书　　号	ISBN 978-7-5675-6691-0/I·1716		
定　　价	38.00 元		

出 版 人 | 王　焰

(如发现本版图书有印订质量问题,请寄回本社客服中心调换或电话021-62865537联系)